JN104396

「作家」と「魔女」の集まっちゃった思い出

角野栄子

角川文庫
23886

目次

第一章　父母娘

暗いところ

小さいときから暗いところが嫌いだった。さして大きな家でもなかったのに、夜、一人でいかれなかったところが三つあった。

一つ目は子どもの定番、お手洗い。そのころは豆粒のような電気がぼーっとついているだけで、隅のほうがどんよりと暗くて、だれかがじっと座って待ちかまえているようだった。

二つ目は裏廊下の突き当たり。灰色の壁で、足下のところだけ廊下の幅にくもりガラスの細い窓がついていた。ごみの掃き出し口だ。とうてい人は入れない細さだから、鍵《かぎ》はついていない。私はその窓が怖くてたまらなかった。いつ何時そこから目には見えないだれかさんの手がのびてきて、足首をつかまえられ引きずりだされるかわからない。

三つ目は同じ廊下の中ほどにあった洗面所のわきの灰色の壁だった。目の前の襖《ふすま》のむこうは客間で、家族の出入りもあるのに、そこらへんから何かがにじみ出てきそうで怖くってたまらなかった。私はそんなことは滅多に起こらないと思うような子どもではなく、きっと起きるに違いないと考える子どもだった。

それなのに私は怖い話が好きだった。それも父がしてくれる、ドキドキ、ぞぞっとする話が大好きだった。ある時は父のあぐらのなかで揺れながら、またふとんのなかで父の腕を枕にして、胸をドキドキさせながら聞いた。

どれも長い話だったから、一晩では終わらない。当然続きの物語になる。「明日までおたのしみ……お約束ね」と父と堅い指切りげんまんをしたりする。でもそれはしばしば裏切られた。語り部が出かけてしまったり、仕事があったり。でも一番がっかりさせられるのは、お客様だった。すぐ父とお酒盛りが始まるからだ。これが終わりそうで終わらない。私と姉は客間の裏の廊下にたって、耳をすましながら、イライラとお客様が帰るのを待つ。時々会話は終わりそうな気配になり、ほっとすると、また違う話題になったりする。もうがっかりだった。

「あのね、ほうきをね、逆さまにして、手ぬぐいをかけて立てとくと、お客さんが早く帰るって」

どこで聞いてきたのか、あるとき姉がいった。なんといいおまじないだろう。早速やってみた。お客様は早く帰ったかどうか……覚えていない。でも何回かするうち私はほうきを立てる壁のあたりが怖くなってきた。壁からふーっとだれかが出てきて、冷たい手でお客様をおいだしたらどうしよう。ああなれば、こうなるかも、心配はお話をさらにドラマチックにしていった。

それから数十年して、私は魔女の物語を書いた。それからずるずると興味が広がって、魔女のことを調べるようになった。そして驚いた。魔女がまたがって飛ぶほうきと、東京の下町の家のあの薄暗い廊下に立っていたほうきの意味がつながっていたのだ。通信手段もなくインターネットなんてはるかな夢の時代から、西洋の魔女のほうきと我家の廊下のほうきに、同じ意味があったなんて。長居するお客様は私たちにとっては災いであった。魔女の方は家族の健康を願う気持ちから、森から薬草をとり出すようになり、そこから広がって人の災いを払う、お医者さんのような存在になっていった。嫌なものを払いのけるほうきを魔女は飛び道具にして人助けに飛び回ったのだ。

人がなにかを願うとき、申し合わせたわけでもないのに、それはおなじ姿を持ち、繫《つな》がっていく。不思議だけど、うれしい気がする。

トンネルの森

十歳から戦後の二年間、両側からうっそうと茂る杉並木を抜けたところにある家に住んでいた。焼け野原の東京にはもうとても住めないだろうと、父が建てた小屋のような家だった。家の前の畑から見ると、杉並木は輪郭を光らせてとても立派に見えた。でも中を通る一本道はいつも夕方みたいで、暗いしめった空気がよどんでいた。学校の行き帰りにはこの道を通らなければならない。誰もいない。一人で歩くのが、怖くてたまらなかった。重なり合った木の奥から、誰かがじっとのぞいているようで、私はときどき不意を突くように後ろを振り向いたりした。また先の方があまりに暗いので、もしかしたら出口が消えてしまったのかもしれないとおびえたりした。

「あのね、栄子《えいこ》ちゃん。こういう道を通るときはね、スカートのすそをつかんで歩くといいんだって、あたしのかあちゃん、いってたよ。もしこわい人がきたら、さっとスカートをまくるといいって。ずい分気の強い女の子だってびっくりして、こわい人はにげちゃうって」

ある時、友だちのミッチャンがいった。いいこときいたと思った。それから私はスカートのすそをしっかり握って歩くようになった。このおまじないは強力で、今でも人気のない夜道を通るときは手がスカートのすそにいきそうになる。

ときどき、あたりが暗くなりかけた頃、この並木の入り口に立って大きな声で歌を歌った。そのとき、なぜかきまって、

「五年二組　角野《かどの》栄子　『みかんの花咲く丘』を歌います」と大きな声で名乗るのだった。妙なくせだった。そうして歌っていると、奥の方でだれだかわからないものがうずくまって、じっときいているような気がした。それで名乗っていたのかもしれない。

それから何年もして、この道を見に出かけた。今ではぎりぎり東京への通勤圏に入るこの地方は全く様相が変わっていた。一目見てびっくり、あの杉並木がとても小さいのだった。間違えたかと、まわりの地形を当たってみたが、やはり本物らしい。木立もすかすかなら、一息で走り抜けられそうに短い。子どもの目と大人の目はこうも違うものかと、驚いた。

「ねえ、どうしてなの。ねえ」

私は心変わりした友だちをせめるように杉の幹を手のひらでぺたぺたと叩《たた》いた。一本一本ていねいに叩いていった。怖がっていた小さな私を思いだして欲しかった。私は自分の中の小さな私を取りもどしたかった。

気がつくと夕暮れはせまっていた。どこからともなく湿った空気がただよってきて、暗く沈んでいく。私は急に怖くなって、昔のように後ろを振り向き、トンネルの道の先をうかがった。そして年を重ねながら、一緒に置いてきてしまった、子どものとき持っていた暗い大きな世界があの向こうにまだあったらいいのにと思った。

「五年二組　角野栄子　『お山の杉の子』を歌います」

私はつぶやいて、そしてちょっと笑った。

それから年月は流れ、私は『トンネルの森　１９４５』という物語を書いた。あの暗く、じめじめしていた森のトンネルは、毎日私を怖がらせたけれども、戦争の間、孤独だった私の大きな慰めだったような気もする。そして今、思い出は魔法だとしみじみ噛《か》み締めている。

赤マント

四歳か五歳ぐらいの時、家の近くに、大谷《おおや》石を重ねた三段の階段があった。その一番上にすわって、私は毎日のように道の向こうにある松林を用心深く眺めていた。そこに「赤マント」が飛んでくるといううわさだった。私が一番初めに見つけてやると、意気込んでの座り込みだった。そば屋の出前持ちや、酒屋のお兄さんなんかが、「おや、またかい」と、私の顔を見る。私はと言えば足をぶらぶらさせて、知らんぷりしてみせる。でも、そんななかにちょっと緊張する人がいた。

遠くの古い洋館に住んでるおじさん。毎日、同じ時間に前を通り過ぎる。よれよれの浴衣に縄みたいな兵児帯《へこおび》をコロンと結んで、すり減った下駄で前のめりに、かしゃかしゃと通り過ぎる。でもすぐ手に新聞を持って、戻ってくるのだ。なぜ新聞を買いに行くのだろう。新聞は家に持ってきてくれるものなのに。これが謎だった。この人はあやしい。大人なのに仕事にもいかないし、いつも同じ着物だし……。悪いことをしている人かもしれない。観察が始まった。気づかれないように、目をあわせないようにして。するとだんだん正体が浮かび上がってきた。この人こそ「赤マント」に違いない。そう思い始めたら、もう止まらない。私は勇気を出して、彼の家を覗《のぞ》きに行くことにした。とんがり屋根の破れたような家だった。草ぼうぼうの庭に忍び込んだ。胸がドキドキして、その音が口からとびだしそうになる。そっとガラス窓から覗く。彼は庭を背にして、絵を描いていた。浴衣の袖《そで》を肩までたくし上げ、持った筆が、意外に速く動いてる。両手で外の光りをさえぎって、目を凝らすと、私ぐらいの女の子の絵が見えた。雪が降ってる。寒そうに肩をすぼめ、両手をオーバーのポケットに入れている。私の胸に感動が走った。すごく上手！　ものすごーく上手！　特に手をポケットに入れているところがすごい！　とたんにこの絵は小さな目に焼き付いてしまった。

初めての絵描きさんと仕事をするとき、一瞬頭によぎる。この人は手をポケットに入れた女の子の絵を、どんな風に描くだろうか。

いまだ「赤マント」問題は解決してない。そこそこの松林を見るたびに、飛んでるかなと、これまた一瞬、今でも心が騒ぐ。

子どもに吹く風

子どもの頃は、戦争もあり、また万事粗末な暮らしだったから、よく身のまわりにあるもので遊んだ。廊下の先の細い掃き出し窓は郵便局のカウンター。外とこっちで、ハガキのやり取りをする。襖は劇場の幕。開ける時は、芝居がかってジャジャーンと開く。すると、傘をさした後ろ姿の私なんかが立っていて、くるっと振り向いたりする。もちろん盛大な拍手で襖は閉まる。蚊帳《かや》、これは……とても優れものだった。その頃、家はいつも開けっぱなしだったから、蚊帳の向こうは縁側をへだてて、すぐ庭。空気は自由に流れていた。同様に庭の虫たちも自由に往き来していたから蚊帳はどうしても必要だった。蚊帳は絶えず風にゆれている。中に寝転んで庭を見る。木も草もゆれ、どこから射すのか明かりもゆれていた。音もなんだかぼあんときこえるような気もする。そんな風景の中でここは海の中と思うのは実にたやすかった。朝顔のつぼみは魚になるし、草は海草のように揺れ、父が刈りあげた松の枝は大きな魚になる。

ここは深海。いっときこんな幻想を楽しんだかと思うと、子どもはすぐこの海へ泳ぎ出す。蚊帳の裾《すそ》をふるわせて、大波、小波をつくる。静かだった海はたちまち夏休みの海に変わり、飛び込み、捕まえっこする遊びにまで発展してしまう。

歓声とともに、海はますます荒れ、蚊帳のつり手がちぎれることになる。

「いいかげんにして、早くねなさーい」

大人たちの声がとぶ。

いつも叱られて終わりになったけど、これは本当に楽しい遊びだった。今は、蚊帳の遊びを知る子どもはほとんどいなくなった。

その代わりというわけでもないけど、私は娘とこんな遊びをした。かさねいすごっこ。いわゆるスタッキング・チェアごっこ。この形の椅子はもともとレストランなどにはあったのだろうが、住宅が小さくなり、場所をとらないので、身近なものになった。ある時、娘を膝《ひざ》に乗せ、娘はぬいぐるみを膝に乗せ、「さあ、みんな、お椅子になあーれ!」なんて、椅子形にポーズをしていたら、あーあ、私もおかあさんの膝に、こんな風に乗りたかったなって思った。五歳で母を失した私は母の膝の思い出がない。そのとき私はもうおかあさんになっていたのに。ふっと寂しくなった。

母の贈り物

私にあまり母の思い出はない。いや、もしかしたら、幻想という形でそれはあふれるほどあるといってもいいかもしれない。

それでも一つだけ、母のいる光景を憶《おぼ》えている。うすい水色の浴衣の上に白いかっぽう着を着てお風呂《ふろ》場で洗濯をしている母の姿である。たらいに斜めに入れた洗濯板。それをうずめるように盛りあがった石けんの泡。私は母の腰のあたりに寄りかかって、母の洗濯の動きを感じていた。なぜかいつも顔の表情を思い浮かべることができない。重い病から小康を得て、一時病院から帰宅を許された時だと思われる。きっと私はうれしかったのだ。久しぶりに母のにおいをかぎながらうっとりしていたにちがいない。舟をこぐようなお互いの動きを今でも感じることができる。あるとき、このたった一つの思い出を口にすると、おばたちや姉が、口をそろえていった。

「おかあさんが病院から帰ってきたときはあなたはまだ四つになったばかりよ。着物の色まではっきり憶えてるわけないわ。あたしたちが話しているからそんな気持ちがするだけじゃないの」

自分には母の思い出があるというだけで、威張ってみせる。

「おかあさんはすごくおしゃれで、子どものお洋服はギンザのサヱグサで誂《あつら》えてたのよ」

「おかあさんはね、おとうさんのお友だちが来ると、あの時代ではめずらしく、フランス料理のフルコースを作ってご馳走《ちそう》したりしたのよ」

昭和の初め、東京の下町のはずれの小さな商家の女房がフランス料理などと……姉たちの母も幻想の中にいるらしい。

このかすかな思い出以外、私にとって母はいつも見えない人であった。それが年に一度だけ、あざやかに姿を持つときがある。お盆のお迎え火を焚《た》く時だ。

「一年に一度、仏さまが家に戻ってくださるんだから、家中の戸を全部あけとくんだよ」

と父は必ずいった。そして門の前に父を先頭に家族全員が並んで、素焼の盆に入れたおがらに火を入れる。一同、手を合わせ、目をつぶる。でも私はつぶってなんていられない。上目づかいに煙の上をじっと見つめる。仏さまといえば、私には母以外は考えられないからだ。すると、また父が口を開く。

「今年はタンスの位置を変えましたから、お間違えのないようにお仏壇までいらしてください」

「敷居が一段高くなっておりますので、お足元にお気をつけください」

仏さまに足？　私はぎくりとする。でも、とたんに見えない人であった母が姿を得て見えてくる。同時に母の心が感じられる。お盆の間はおかあさんがいる。まだ見えないけど、きっと上手にかくれているんだ。私をじっと見ているにちがいない。私は耳をすまして母の足音をさぐり、暗がりに目をやって、洗濯をしていたあのかっぽう着姿の母を探した。

こんなふうにして、私は見えない世界と親しくなった。ちょっと向こうにも世界があって、こっちを見ている人がいるかもしれない。私は心が充たされないとき、ときどき向こうの世界を想像して、遊びにいく楽しみを憶えた。その楽しみはやがて物語を書く楽しみにつながっていったのだろう。

これは小さな子を残していかなければならなかった母の贈り物だと思っている。不幸と思えるものにもきっとなにがしかの贈り物はあると、この頃、そう思うようになった。

今年もなごやかに

子どもの頃のお正月というと、まず年の暮れのあわただしさを思い出す。東京の下町の商家の暮れの日々は本当に忙しかった。代々続いたような老舗《しにせ》ではないけれども、それなりにスケジュールは決まっていた。

二十八日、お餅《もち》つき。

この日から子ども心に、いよいよお正月という実感がこくなる。庭に大きな臼と薪《まき》をもやすかまどが用意される。薪に火をつけるのは父の役目、それから前日から水につけ込んでいたもち米がふかされる。せいろの蓋《ふた》の間から湯気がしゅーしゅーとあって、景気をつける。なるべくそばによって、かじかんだ手を温めたりしたものだ。お餅をつくのは父の役目。縁側に座って、つきあがったお餅で鏡餅をつくったり、のしもちにするのは祖母の役目。その一人、一人の所作は今思い出してもうっとりとするようにきまっていた。最後の臼になると、子どもたちもかわり番こにつかせてもらえる。そしてこのお餅だけは出来たてのやわらかいところを大根おろしやあんこにからめて、その場で食べるのだ。この時だけはとてもお行儀悪く手で食べたような気がする。指についたあんこをなめなめ、不思議なほど沢山のお餅がつるりつるりとおなかに入っていった。

翌日、二十九日、お餅を切る日。

母（継母）と祖母の役目。この時きまって母のいうセリフがあった。「お餅はね、厚くのして小さく切るのよ。だらんと大きな切り餅はお品がないからねぇ」子どもたちは多々お品のある仕草を求められていたから、私はお品のあるお餅とはいかなるものかと、じっと母の手もとを見つめた。

三十日、お飾りを買う日。

この日までにはいつも門松は町内を回ってくるトビ職の人によって立てられている。門松には松とささ竹一本ずつ立てるものと、すぱりと斜めに切った竹と松を数本組み合わせて、スカートのようにわらを巻いたのとがある。私の家ではある年は一本式だったり、ある年はスカート式だったりした。私はスカート式の方が断然好きだった。でも、どっちにするかは我家のその年の経済と深くかかわっていたのかもしれない。買ってきたお飾りを家中にかけながら、この時も毎年母がいうセリフがあった。「一夜飾りはいけないのよ」「どうして？」「そういうきまりなの」なんだかわからなかったけど私は今でも三十日にお飾りをする。一夜飾りはしない。

三十一日。大晦日《おおみそか》。

「とうとう押し迫りましたね」今思い出すとずい分大げさな挨拶《あいさつ》の言葉だと思う。もう明日はないというような表現だ。今年のことは大晦日までにすます。新しい年まで問題を持ち越すことはとてもだらしないことのように思われていたのだ。三十一日の夕食は、お重に詰められたお正月のごちそうを横目で見ながらありあわせですます。そして十一時頃、威勢のいい声と共に、十数個重ねたおそばのせいろを片手に載せ、自転車に乗って、おそば屋さんがやってくる。家中そろってつるつる食べる。この夜ばかりは子どもでも徹夜が許された。でもいくら頑張っても目をあけていられるのはこのおそばタイムまで。お風呂に入って、十一時頃から祖母が折を見て用意していた新しいネルの寝間着に家中の者が着がえる。これで古い年が終わる。

元旦。

ふとんの中で目を覚ますと、いつも聞きなれている生活の音はなく、あたりは明るく静かでお行儀のいい空気に充たされている。父はその年一番初めの水を井戸からくみ、それを神棚、お仏壇に供え、おぞう煮に使う。そのあと晴れ着に着がえる。一秒でも早く帯を結んでほしくて女兄弟はケンカっぽくなる。でも年の始めはお行儀よく、お行儀よく。父は子どもたちが「ユウキ」と呼んでいた茶色の着物を着、母はよそ行きの着物に新しいかっぽう着姿。おしゃれが終わったら家中でお祝いのお膳《ぜん》をかこむ。その時は、いつになく改まった顔をした父の一言がある。

「今年もみんな丈夫で、なごやかに」

小さいときはなごやかという言葉の意味がわからなかった。でも今はなんて素敵な言葉を父は選んだのだろうと思う。いつも同じようにくり返されることだったけど、あんなに厳かな感じを持ったお正月は、今はもう私の暮らしにはない。家族も小さく、お膳も小さい。でも私たち兄弟は昔のお正月をなつかしんで、家族を連れて必ず江戸《えど》川《がわ》区小《こ》岩《いわ》の実家に集まる。父と、母を入れて、その数二十五名。父は今でもあの同じユウキを着て正面に座る。そして改まった一言の代わりに、ときどきつぶやく。

「子どもは宝だよ。おとうさんは幸せだ」

はじめにぎやか　ずっとにぎやか

毎年、元日の午後三時頃、小岩の実家で兄弟みんな集って新年を祝う。みんな下町育ちの遠慮なしだから、そのにぎやかさはちょっとしたものだ。

「ほらほら、電信柱みたいにつっ立ってないで、テーブルを運びなさい」

「お座布団は二十五枚よ、ちゃんと数えて並べてよ」

「さあ、さあ、おちびさんたち、お椀《わん》に一つずつ鳴門《なると》を入れるの手伝ってちょうだい」

「あたし、お年玉まだ書いてないの。おばあちゃん、あの子なんて名前だったっけ」

「あたしが持ってきたお料理、あつあつで出してよ」

「やだ、自分でやるのよ。自分のは……」

飛び交う会話をちょっぴりだけ並べてもこうなる。そうかと思うと、きちんと正座して、手をついて、「昨年中はいろいろとどうも……」なんて、ご丁寧なのもいるからややこしい。

そうこうしているうちに、なんとかお祝いのお膳が出来上がる。大皿にもられるのは各家庭の持ち寄り料理だ。毎年だいたいきまっている。姉のところはローストビーフ、私は大根と豚の角切りの煮こみ。上の弟のお嫁さんはけんちん汁とデザート。上の妹はなにやらフランス風のパテ。下の弟のお嫁さんは毎年ニュースタイルのサラダ。末の妹は新婚の頃はデパートのレディメイドだったが、今頃はエビ料理など中華風。それに母と上の弟のお嫁さん合作の角野家のお雑煮とお節。出前のお寿司《すし》。並べ終わったところで、もうすでに「ふー」なんて座りこみたくなる。

上座に父と母が並んで座り、お祝いは父の乾杯ではじまる。つづいて男性たちが持ち寄ったどこぞのブランド酒などが披露され、どれどれと手が出て、みんな興奮しているのでアルコールのまわりも早い。それでも口に入っているうちは少しは静かになる。

子どもたちが小さかったときはもっと大変だった。こっちで泣けば、あっちでけんか、ミルクをあたためれば、一方では離乳食。そのさわぎをぴちりと正座しながら眺めて、父はよくいったものだ。

「何が財産といっても、子どもだな」

その子どもたちもあっという間に大きくなった。大人たちはちょっぴり寂しい。

「いいぃ？　あんただけは小さいまんまでいなさいよ」

　こんな理不尽なセリフもとび出したりする。でも、今ではみんな電信柱みたいに大きくなってしまった。「おめでとう」の声にもおやじ声がまじる。ボーイフレンドやガールフレンドのうわさもちらほらしている。子どもたちの変わりように比べて、親たちはあまり変わらない。いつも遅れぎみは下の弟一家。着いたとたんに真っ白なかっぽう着を着て働き出すのは姉と、上の妹。自分の旦那《だんな》さまの世話で手いっぱいなのは下の妹。みんな揃うんですもの、器もお揃いでと、料亭並の数の食器を集めてくれるのは上の弟のお嫁さん。いっつもみんなが遠慮なく集まれるように心をくだいてくれる。そして、しっかりなまけるのが私、栄子さん。

　子どもたちのお年玉にも私たち兄弟は団結する。小学生は千円、中学生は二千円、高、大学生は三千円、社会人は気持ちだけ、と協定を結んでいる。世間の相場からはずい分安いらしい。

「うちのお年玉はわかっちゃってるからさ。ドラマがないよな」

だれかがぽつりとつぶやいた。すかさず親の方から声がした。

「よし、ドラマチックにしてやるぞ。みんな集まれ。麻雀《マージャン》だ」

五十数年の私の人生で、お正月を小岩の実家で過ごさなかったのは、集団疎開をしていた終戦の年とブラジルにいた二年間だけだったように思う。物心ついてから私の記憶にあるお正月は総《すべ》て楽しさに輝いている。思い出というのは美しいものに変わっていくからありがたい。

私の家は下町の商人だったから、大晦日はとても忙しかった。それだけに元日の朝はシーンとすがすがしい。父はまず庭に降り、お日さまに向かって拍手《かしわで》を打った。そのあとを子どもたちが豚の子のようについてまわる。それから桶《おけ》に井戸から水をくんだ。

「若水だよ、神さまと仏さまにお供えするんだ。それがすんだら人間さまだ」

すると、母がその水で人間さま用にお雑煮の仕たくを始める。父は若水のあとに続くさまざまなことに必ず「おはつ」という言葉をつけた。おはつの咳《せき》ばらい、おはつのくしゃみ。時にはおならをしてみせて、「おはつのおなら」といって子どもたちを喜ばせた。でも三ヶ日の間、絶対にしてはならないおはつがあった。おはつの兄弟げんかと、おはつの泣き声だった。甘ったれの泣き虫だった私は、これをがまんするのが相当辛《つら》かった。

それから、神棚と仏壇にお燈明をあげ、家族全員がお参りしたあと、お祝いのお膳をかこんだ。この時、いつも洋服の父が和服を着た。茶っぽいつむぎのおついで、角帯をおなかの下にぴんと結んでいた。そんな父を見るたびに、私は、おとうさんって、きれいな人だなあと思ったものだった。

私の家族は大人も子どもも、せめてお正月は心を合わせて、めでたさを盛り上げようとつとめたように思う。

はじめよければずっとよし。

そう担いでいた。

寂しいことに子どもたちから、小学生も中学生ももういなくなった。子どもたちが大きくなると、まとめて取れるお正月休みを利用して、海外旅行や、スキーに行ってしまう者も出てくる。そんなとき、その子の親はとても肩身がせまい。なにがしか言いわけめいた言葉を口にする。でも一番残念に思っているのは当の親なのだということをそれぞれ兄弟みんなわかっている。いつまで続くかしらと胸の片すみで思いつつ、毎年十二月に入ると、お正月の集まりに気持ちが動きはじめる。

今はどこの家でも子どもの数が少ない。私の兄弟でも三人が最高だ。私の家族のように二十五人も集まるなんてことはなくなるだろう。それなら甥《おい》、姪《めい》の家族、孫たちへと範囲を拡げて、にぎやかなお正月を続けて欲しい。

初め仲良ければ、ずっと仲良い。

きっとそうなると担ぎたい。

だれでも贈りもの

「あなたに出会えて本当によかった」という詩の文句をきいたことがあるような気がする。また実際こんな気持ちになることもしばしばある。

考えてみると、出会うという機会に恵まれるのは大変なことなのだなって思う。人類がこの世に出現して以来、無数の出会いがあった。でも、もしちょっとでも、時や場所が違えば、その出会いはないわけで、そう思うと、一つの出会いが奇跡に近いような気がしてくる。そして、そのとき、だれかから、だれかの手になんらかの贈りものが手渡される。

ある友だちが、「ぼくのじいさんは、たった一つだけ魔法を使えるって、ずーっと思っていました」といったことがある。

「じいさんはね、口へぽいって、百円玉を入れて、頭のてっぺんをとんとんって叩いてから、両方の耳から百円玉を出して、二百円にして、ぼくに『はい、お小遣いだよ』ってくれたんです。それがとっても上手だったもんだから、不思議で、不思議で……じいさん、裁判官だったんですけど……そんなことしていいんですかねえ……ふふふ」

これも贈りものだと思う。私の父はこんな贈りものをくれた。それは意味のないはやしことばだった。子どもの頃、遊んでいると、すいとそばに寄ってきて、鼻に人さし指をのせて、「チコタン　チコタン　プイプイ　チコタン」とうたうようにいって、すぐはなれていってしまう。何の意味もないへんてこりんな言葉だったけど、そうされると、とても幸せな気分になった。いつも見守られている安心があった。心がはずんだ。そのとき一緒に私は言葉に心のはずむ音があるのだと教えてもらったような気がする。

ある日のこと、私は公園の脇の道を車で走っていた。ふと上を見ると、芝生の上で、足を投げ出して、酒盛りをしている人がいる。放浪者《ホームレス》とでもいうのだろうか。その人はひげぼうぼうで、かみの毛はよれてつっぱっていた。やぶれた下着から、肩を半分のぞかせて、カップのお酒をあおっているのだった。そして、そばの木の枝には、よごれた背広の上衣がハンガーにかけてつるされていた。その人の無頼な姿から見ると、上衣はずい分お行儀よくつりさがっていた。

それを見た瞬間、私はこの人に出会えて本当によかったと思った。生きているのってたのしいってつくづく思った。この人はこの世の中からはずれてしまった人かもしれない。本人も自分の存在を持てあまして、昼間からすさんだ心でお酒をのんでいるのかもしれない。でもつるされた上衣はすさんでいなかった。おかあさんに「ちゃんとかけるのよ」って言われて育ったのかもしれない。その上衣はやさしい心を表していた。この人の中に少なくとも一つは光るものがあると私は思った。


人は生きている間、だれかに贈りものをしながら生きているのだと思う。それがたとえ価値のないものであっても、もしかしたら、世間的には拒否されるものであっても、受ける者によっては生きていく力になるかもしれない。一人の人の中でなにかがちゃんと生きている。そのことが贈りものになり得るのだとこの時、思った。

この世に生きているものは、死を免れることはできない。これはどうしようもないことなのだと、私は知ってしまった。私には母の思い出が一つもないのだ。でも、人は必ず死を迎えるのだということの意味を、母は贈りものとして残してくれた。親を失うのは子どもにとって、最大の不幸かもしれない。でも、そんな時でも、贈りものはあるのだと思う。だから、人との出会いはとってもすごいこと。奇跡ともいえる時と所に恵まれた出会いなのだから。それを沢山あつめて生きたい。そしてどこかで、だれかが私の思い出を集めていてくれるかもしれない。

父のあぐら

　時々、父のあぐらを思い出す。小さな私がすっぽり入り、とてもあたたかかった。兄弟が多かったからこの玉座を獲得するには熾烈《しれつ》な競争を経なければならなかったけれども、運よく座ると、頭の上の方からしばしばお話が降りてきた。父の声がおかっぱ頭にふってくるのだ。それは桃太郎《ももたろう》さんだったり、花咲《はなさか》じいさんだったりした。

「どんぶらこっこ　すっこっこー　どんぶらっこっこ　すっこっこーと　桃が流れてきました」

　父の声が昨日きいたように耳に残っている。そんな訳で、桃太郎さんの桃はこの音で流れてきてほしいと私は思っている。他の音だと元気な桃太郎さんが生まれてこない気がする。

　幼い頃の心のときめきはこんな風に刷りこまれてしまうようだ。父の語りにはなにがしかいつも節がついていた。東京、赤坂《あかさか》生まれの父ははずんだ言葉遣いが好きだったのだろう。でもあぐらの父はよく舟をこぎ出した。ゆーらり、ゆらりとゆれた声になり、あっ、いい気持ちとうっとりしていると、終わりはふにゃふにゃと消えてしまう。そこは大抵陽のあたる縁側だった。

お話がすき、本がすきという人のだれもがこんななつかしい思い出を持っているにちがいない。過ぎさった、親と子の、兄と妹の、本を間にしたさまざまの人との出会い、その共通の風景がどれだけ一人一人の心に大切にしまわれているかわからない。きっといつか大きな力になってかえってくると思う。

絵本を見ることもあった。戦時中だったから種類は少なかったが、それだけに一冊一冊に強烈な印象を持った。その頃見た絵本の絵は私の中のスクリーンになぜか動いて現れる。舌切りすずめは赤い友禅の短いたもとをひらひらさせて踊っている。そしてはいている下駄の音がタップダンスのように聞こえてくる。はるか昔の一枚の絵は限りなく多様で美しい世界に今でも導いてくれる。あの小さな頃の至福の時がなかったら、私の存在もきっとあやしい。

本を読む子どもが少なくなったときく。それはきっと素敵に本を読んでくれる大人が少なくなったということかもしれない。

器の中

私の家では、子どもでも自分のおはしとごはん茶わんだけは自由に選ばせてくれた。瀬戸物屋さんにいって、大きな平台に重ねてふせてあるものの中から、手にとって好きなものを選ぶときはとても心がはずんだ。こわさないように、そっとそっと扱って、手のひらにのせ、目の高さまであげて、文様をあれこれ吟味して決めていく。これからしばらくの間三度三度お食事におつきあいしていただくのだから、子どもといえども慎重にならざるをえない。多分小学校の一年生の頃だったと思う。今でも忘れられないのに桃太郎さんの絵がついたお茶わんがある。桃太郎さんが手にしている日の丸の扇子は銀色でふちどりがついていたのに、使っていくうちにまだらにとれてしまったのが、悲しかったのが忘れられない。女の子なのに、なぜ桃太郎さんの絵を選んだのだろう。そこのところはぜんぜん記憶にない。このお茶わんが欲しいときまると、瀬戸物屋さんのおじさんはお茶わんの底の糸じりを砥石《といし》のようなものでガリガリとこすってなめらかにしてくれる。その音をきくと、なんだか痛いような不安になった。もう私のものだから、こわしちゃいやよ、という気持ちだったのだろうか。

そんな風にずい分気持ちをこめて選んだお茶わんなのにときどき他人のお茶わんがうらやましくなる時があった。なぜかおねえちゃんのお茶わんはおねえちゃんのお茶わんという顔をしているのだ。中のごはんまでちがって見えた。でも、人のお茶わんを使うのはとてもお行儀の悪いこととなっていたので、たしかめることもできなかった。

それでも父のお茶わんの中身だけは別だった。父のお茶わんは家族のもののなかでも、とび抜けて大きいのに丸味がなく、ふせると富士山のような形をしていた。毎日、父は晩酌をしたから、一緒に食卓についても、家族より御飯を食べる時間が延びてしまう。そんなとき、私は何かと理由をつけて、父のひざの上にのった。お目当ては父の茶わんの中のいつもほかほかに見えるごはんである。のぞきこむ私に、父は白菜のお漬け物の葉っぱのところでごはんをくるりとくるんで私の口に入れてくれた。そのおいしかったこと。私のお茶わんの中のごはんとは全くちがう味なのだ。同じお釜からよそうのに、どうしておとうさんのお茶わんの中のごはんはこんなにおいしいのだろう。小さかった私にとって、これはちょっとした謎だった。

私の家に地色が濃いみどりで、白い椿の花が二つついている煎茶《せんちゃ》茶わんがあった。底がすぽっとはいる、黒い漆塗りの茶托《ちゃたく》つきだった。五客揃いのお客様用で、父がとても大切にしていたものだった。その地色のみどりは美しく、所々刷けあとの濃淡があって、それが椿の花のデザインを一層、かわいらしいものにしていた。後で知ったが、九谷《くたに》焼ということだった。それを私は割ってしまったのだ。

私の家では学校から帰ったときにお客様がいらしていると、カバンを置くとすぐ客間の前の廊下にいって、きちんと両手をついてご挨拶をするきまりがあった。それには一つの形があって、まずお客様に「いらっしゃいませ」とおじぎをしてから、今度は父の方を向いて、「只今《ただいま》かえりました」と頭を下げるということになっていた。私はこれがなんともにが手だった。

このお茶わん事件の時は年が十六歳ぐらい。生意気になりかかっていた時だった。人前に出るのが恥ずかしい時期でもあった。いやいや挨拶に出ていこうとしたとき、「ついでにお客様のお茶わんを下げてきて」と母にいわれたのだ。

なんとか無事にご挨拶もすませ、お茶わんもお盆にのせて、立ちあがり廊下を歩き出したとたん、私はすってんどうところんでしまった。お茶わんは廊下からとびだし、庭の敷石に当たって、無残に割れた。その日、お客様が帰ったあと父は何も言わなかった。私もそのままこのことはすっからかんとわすれていた。

ところが、一週間もたってから、私はいきなり父にほっぺたをかなり強く叩かれた。「あのお茶わんを割って、おまえは……」というのだ。私は突然のことにびっくりしてしまった。あのことだ、と思い出すにもちょっと時間がかかった。でも、これはあまりにもひどい仕打ちだと思った。わざと割ったわけでもないのに、私は父が許せないと思った。たかが茶わんではないか。落語にだって、おくさんが階段から落として宝物をこわしてしまったのをおこらず、体の方は大丈夫だったかときいたやさしい男の話があるではないか。私は残った二つの茶わんを父にぶつけてやりたい気分だった。

「おとうさんね、お庭掃除していて、お茶わんのかけらみつけたらしいのよ。思い出したら口惜しくなったのね」と母がいった。

でも今は、そのことを思い出すと、いつもちょっと笑ってしまう。おこってはいけない、おこってはいけないとがまんを重ねていた父がなんとも親しめるのだ。

二つ残ったうち、一つだけ私は父からもらって、今も大事にしている。

器というのは何かを入れる。それと一緒に思い出も入れてくれる。

和光堂さん

童話にはいろいろな動物が人間みたいな顔をして登場する。その性質なり職業なりに合った動物を選ぶのは楽しい時間だ。でもお医者さんだけはいつも迷わず熊さんにご登場願っている。

それは子どもの頃、私の家のかかりつけの先生だった「和光堂《わこうどう》さん」のせいなのだ。和光堂さんはとても大きな人だった。ふとった人だった。いつも自転車に乗って往診にくる。サドルから大きくはみ出したおしりを動かして、ゆらら―、ゆらら―と蛇行しながらやってくる。そして、病人のそばにあぐらをかいて座った。あるとき私が「和光堂さんはお行儀がわるい」といったことがあった。すると父は「肥《ふと》っているから座れないんだよ」ととりなすようにいった。

私は子どもの頃、異常な怖がり屋で、その一番怖い存在はおばけではなくお医者さまだった。でも和光堂さんだけは別だった。いつも口ぐせのように「じぇったいに痛いことはしないからね」といってくれたからだ。しかもそれを実行してみせた。

三年生の頃だったと思う。私はジフテリアにかかった。今でもそうかもしれないけど、当時は大変な伝染病だった。即刻入院しなければならない。それをきいて泣き叫ぶ私を見た和光堂さんは「それじゃ、離れを病室にして、看護婦さんを付けましょう。他の子どもは絶対近づけないように。私は毎日来るようにしましょう。こんなにふるえていたのでは治るものも治らない」といってくれたのだった。お陰で私は大事にならずに全快した。ただ大きな注射だけは何本か、お尻《しり》に打たれたけれども。

それから何年もして、私は和光堂さんが亡くなったことを知った。和光堂さんは私がかかったお医者さんの中で最高の先生だった。ゆらーゆらーと走ってくる姿が今でも目に浮かぶ。だから、絶対、お医者さんといえば私は熊さんにご登場願っている。

いくつ　いくつ？

私の家はごく普通の商人だったから、別荘なんてものとはまったく縁がなかったが、父は子どもたちのために毎年夏だけ房総《ぼうそう》の興津《おきつ》というところに小さな家を一軒借りていた。

夏休みのはじまる日、文字どおり民族の大移動がはじまる。そのとき姉と弟と私のあいだできまって交わされる会話が、「トンネルの数はいーくつだあ」というものだった。両国《りょうごく》から興津までにトンネルがいくつあるのかというのである。それは「そこにいくと豚はみんなねてしまいました。さて、そこはどこでしょう」というなぞなぞとともに、夏休みのはじまる日のきまり文句だった。

トンネルはたくさんあったように記憶している。車両は本式煙もくもくのSLだったから、トンネルを通過するときはススが目に入って大変だった。みんな、トンネルの気配がすると、先を争って窓を閉める。それが私には不満だった。窓から顔を出して、押しよせる煙をものともせず、出口の明かりが見えてくるのをいまかいまかと待ったのしみ。煙の怪しい臭いも魅力だった。

またその煙のなかで、トンネルをすぎたら雪国ではなく、もしかしたらべつの世界が現れるのではないかというスリルを感じていたかったのだ。でも、窓をあけっぱなしにするのは嫌われる。煙い煙が押し寄せ、ススが目に入ったりする。そこをなんとかわがままをとおそうとするのだから争いが起こる。

その年はあたらしい帽子をかってもらった。白いストローをレースのようにあんで、とてもおしゃれな形をしていた。ところが、私のトンネルについてのご執心に業をにやした弟は、いくつ目かのトンネルをぬけたとたんに、私の頭から帽子をさっと取ると、開けたままの窓から、ブーメランのようにとばしてしまったのだ。帽子は喜んでいるみたいにひらひらしながら、視界から消えていった。私はわんわん泣き弟にとびついた。でも帽子はもどるわけがない。私は今でもあの帽子が空のどこかをUFOみたいに飛んでいるような気がして仕方がない。飛行機に乗って旅するたびに、私はいつもあの白い帽子を探してしまう。

三年ほど前だったと思う。弟がきいた。

「ねえさん、僕がとばしちゃったあの帽子のこと憶えている?」

「憶えているわ」

私はぷんとした調子で答えながら、弟の顔を見て笑いだした。敵も憶えついたのだ。

私たちふたりの心の中で、幼かった時のひかり輝く夏休みをのせて、あの帽子は飛びつづけている。ぜひとも探して、もう一度、あの時をかぶってみたい。一瞬に消えてしまっただけに、あの帽子は大きいものになった。

トンネルの他にも、「いくつ?」ときくものがあった。それは車中で食べるアイスクリームの数。経木を合わせた四角い箱に入り、経木の蓋を輪ゴムでとめてある。小さな木のスプーンが付いていた。アイスクリームといっても未熟なもので、かき氷みたいなものだった。でもこれがおいしかった。私はいつもこうこたえた。

「トンネルの数と同じだけ食べる」

これからはじまる海辺の夏休みにいくら浮かれているからといって、まず二桁《けた》はあるトンネルの数だけなんて買ってもらえるわけがなかった。でも毎年こりもせず、私はこのこたえをくりかえした。

十四歳の心の置き場所

戦争が終わって三年、疎開先から戻った私は市ヶ谷《いちがや》にある私立の女子校の中学二年に編入した。通学路にはまだ、空襲で破壊された建物の残がいがいたるところに残され、学校に制服があっても買えない生徒がたくさんいた。ありものを着て、ありものをつめた軽いお弁当を持って、ものすごい満員電車に乗って通学していた。大人たちは毎日の食べることに追われ、子どもたちに細かく目を配る余裕はなかったのだろう。考えようによってはこの位の年齢の子どもが、一番自由でいられた時代だったかもしれない。

でも十四歳はいつの時代でも十四歳。一生の中で赤ちゃんのときよりも一番訳がわからない年齢だと私には思える。私も実に実に変な女の子だった。いやらしい女の子だったといってもいいかもしれない。なによりもいやなことは人と同じになることだった。それならさぞかし志も高く、きりりとしているかというと、全く反対で何でも

「イヤ、イヤ」といいたいだけなのだ。学校でも家でも同じだった。それが格好よく思えた。こんな所にいるような私ではないなどと、肩ばかりそびやかし、生意気なことを口走りながら、何一つまともにやろうとしない。風の吹くままの気分屋で、目ばかりきょときょとと焦点が定まらない落ち着きのない十四歳だった。

そんなとき若い一人の英語の先生と出会った。その先生はアメリカ人と日本人の混血で、くり色の毛に、くり色の目、教室の入り口で体を斜めにしなければならないほどの長身で、当時としては見たこともないようなスカイブルーのワイシャツを着ていた。そして、最初の授業の時から中学二年の子どもを前にぺらりと英語をしゃべった。

これだ！　と私は思った。でもこれだと思ったのは英語の方ではなく、先生の方。

それからというもの、いまでいう追っかけを始める。先生の行く所、ただただ無言でついて回る。教員室に入ってしまえば入り口で待ち、顔を合わすと、ただにやっと笑いかけるばかり。なんと薄気味悪いこと！　下校の時間がきて、先生の居る空間と別れなければならなくなると、もう誰とも口をききたくなく、家にも帰りたくなく、ただただ先生のことを一人で考え続けていたかった。それで学校の近くにあった空襲で半分こわれて使われていない交番に入りこみ、じっとうずくまっていた。今考えると、異常としか思えない。でもあれが十四歳の少女のある種の心の置き場所だったかもしれないと思う。そんな一年が終わろうとする頃、私がごく自然に英語の辞書を開く回数が多くなっていった。

中学時代というのは不可解な時代だと思う。でも何かに向かっていくエネルギーが渦巻いていたときだったような気がする。それが本人にもそばに居る者にも解らない所が、この年齢の子どもをとても難しい存在にしているのだろう。

おうちづくり

家というと、幼いとき遊んだおままごとの家を思い出す。あれは実に自在な家だった。願いが即、形になった。そして想いの中で無限に大きくもなり、無限に小さくもなった。

タオル一枚でお座敷が出現したし、屋根がないなんて家じゃないと思ったら、おとうさんの大きな傘をさしかけた。ある時はソファを引っぱってきて、床は一階、ソファは二階のつもり。トイレはスリッパを置いてOK。昔の女の人がよく使った屏風《びょうぶ》のような折りたたみ式裁断板などはおうちづくりの万能選手だった。壁になったり、ギーッと開く扉になったり。

あんまりよくできると、そこの住人になりきって、「うちのおとうさんたら、まあ、困った人で……ホホホ」なんて口に手を当て笑ったりした。その都度変身の楽しみもあった。おうちは作っては消え、作っては消えていった。その度に想い出の物語がたまっていった。

今、思い出しても胸がときめくおうちを作ったときがあった。それは大八車の下だった。近くに住む和《かず》ちゃんのおとうさんは大八車に荷を積んで売り歩く八百屋さんだった。多分休みの日だったのだろう。庭に引き入れてあったその車で私と和ちゃんと功《こう》ちゃんは遊びたくなった。いいかわしたわけではないけど、「おうちをつくろう」の遊びだった。いつもかごなどが入っている物置をあけて、むしろを何枚も引っぱり出し、上からすっぽりとかけ、下にもしいた。すき間はたわらやさんだらぼっちで押さえて、なるべく暗く暗くつくりあげた。和ちゃんの家から座布団を持ってくるとむしろの上に置いて、私たち三人はねころがった。初めはきゃあきゃあと声をあげてふざけていた私たちはだんだんとものをいわなくなった。むしろの編み目からちかちかと外の光りがはじけている。その光りの中にうかぶちり、ほこり、スカスカしたにおい、真ん中に寝ている功ちゃんの息がきこえる。その向こうで和ちゃんがやけにもぞもぞしている。私はそうっとふたりをうかがいながら、なぜか身動きできずにじっと上を見ていた。次第に甘い何かが体中を充たし、私は陶然としていた。

その家も、夕方になるともとの大八車に戻った。

家というものを考えるとき、こういう自在な空間、そして時空を超えて存在する場所を私はいつも求めてしまう。

サラダボールの中の散歩道

娘が六つか七つのときだった。日曜日ぐらい寝坊したいと思っている私のそばにきて、「おなかすいた」というのだ。「あーあ、おうちに小人さんがいるといいな、ママの代わりにごはんを作ってくれるといいな」

私は思わずこういってしまった。

すると、娘は、「あたしが作ってあげる」とうれしそうな声をあげた。「ほんと、うれしいな」といったものの、包丁を使ったらあぶないな、火を使ったらあぶないな、と私は心配しながらも、なまけものの母親をきめ込んでうたた寝を続けた。

「ママ、サラダができましたよ」

しばらくして娘のはずんだ声がきこえてきた。「どれどれ」と起き出して、そのサラダを見たとき私は仰天してしまった。

大きなガラスのサラダボールの中にレタスにトマト、キュウリはいいとしても、クラッカー、ふさに入ったままのみかん、白ごま、マシュマロ、キスチョコレート、それになんと煮干し、その上にケチャップとマヨネーズで紅白の三重丸がえがかれていた。

見上げる得意そうな娘の目に、私と主人はしかめた顔をかくして、やけに大げさに、おいしい、おいしいをくり返しながら飲み込んだ。でも私は内心、穏やかでない。子どもは母親をまねて育つというけれど、このサラダはあまりにもユニークすぎる。

この娘がもっと小さかったとき、「ママ、おさんぽにいってきます」というと、お気に入りのバッグを手に、すまして、よくどこかに出かけていった。帰ってきた娘に「どこにいってきたの」ときくと、いつもきまって、「あっちいってね、こっちにいってね、そっちにいってきたのよ。あーあ、つかれた」というのだった。私は娘の作った奇妙なサラダを見ながら、これはあのおさんぽとどうやら同じらしいと思った。すると、娘の心のはずみが、私にも移ってきた。いつも甘い泡といっているマシュマロを入れながら娘は何を考えたのだろう。煮干しは大好きな「メダカの学校」の歌を歌いながら入れたのかもしれない。ケチャップとマヨネーズの三重丸は今、夢中になっているまりの模様のつもりだわ。

その後、私はこの出来事をもとに、長新太《ちょうしんた》氏の絵で『サラダでげんき』という絵本を作った。たくさんの子どもたちに読まれ、主人公の名前をとって「りっちゃんのサラダ」というメニューまでできた。また私の「小さなおばけ」シリーズも、この娘の「あっち、こっち、そっち」の散歩言葉から生まれた。書こうと思い立った時、すぐ主人公の名前は「アッチと、コッチと、ソッチ」に決めた。それ以外に考えられなかった。ちいさな子どもたちって、いつも楽しいことを探して、心が、あっち、こっち、そっちって動いてる。そんな子どもたちが夢中になる作品を書きたいと思ったのだ。第一作目は『スパゲッティがたべたいよう』で、主人公は食いしん坊のおばけのアッチ。続いてコッチは、床屋さんに住むおしゃれなおばけになり、ソッチは飴《あめ》屋さんの歌の好きな女の子になった。

大人はだれでも子どもだったときがあるのに、この豊かな「あっちも、こっちも、そっちも」すっかり忘れて、きまりきったものにだけ意味があると思ってしまう。人はいつ頃から、こう考えるようになったのだろう。食べものだって、ただ作ってお行儀よく食べればいいというものではない（それは食べものに限らないけれども）、その中にワクワクしたものを見る事がなくなったら、寂しい。

残念ながら今の子どもは学校にいくにも定められた通学路があり、道草ひとつ許されないようだ。でもできることなら子どもたちの歩く道はいろいろあった方がいい。迷路だってあった方がいい、行き止まりだってあった方がいい、あみだ遊びのようなワクワクする道もぜひほしいものだと思ってしまう。それが許されないなんて……！

この「小さなおばけ」シリーズは、たくさんの読者のおかげで、２０１９年、40歳を迎えた。

母の心

そろそろ結婚が決まりかけていた頃、娘がふとつぶやいた。

「私、子どもができたら、みんなと同じランドセルを買ってあげるんだ」

「どういうこと、それ」

「私のランドセル、小さかったでしょ。ちいさいの、ちいさいの、っていわれて、い・じ・め・ら・れ・た・の」

「えーっ？　だったら、もっと早くいってよ」

私の目は点になって娘をみつめた。

そんなこと知らなかった。三十数年もたって、びっくりさせられた。

娘は出生時、小さくて、二〇五〇グラムしかなかった。しかも二月生まれなので、とても小さい一年生だった。風邪をよくひく弱い子でもあった。普通のこんもりと大きなランドセルでは何か痛々しい気がして、ほうぼう探しまわり、小振りで、やわらかなランドセルを背負わせたのだった。

母親としてはとてもいいことをしたつもりだったのに。そういえば……入学間もないある日、あまり寒くもないのに帰宅するなり、「さむいよーう」とべそをかいた。学校でなにかあったとしたら、あの時か……。

びっくりしたあと、私はちょっと落ち込んだ。彼女の哀しかった時を一緒に過ごせなかったことが寂しかった。気づいてあげられなかったことが悲しかった。

母がいなかった私は、娘が与えられたとき沢山ふたりの思い出を持ちたい、それでこそ母と娘というものよ、と切実に思ってしまったのだ。でも当然のことにこの思い出づくりには生身のふたりがいる。合わせた背中のように同じ動きはしない。

「面白そう、じゃママも一緒に」こんな言葉が多かったのだろう。次第に「ママはいいの、一人で大丈夫」と娘はいうようになった。

あげくにある日、「ママ、普通のおかあさんになってよ」という言葉がとびだした。「えっ」私は絶句した。全く人並みだと思っていたのに、混乱した。「普通って、どうするの?」私はこの言葉を素早く心の奥に投げ入れて、しっかり鍵をしめてしまった。母の記憶がない私が、これにこだわったら、どうしようもなくなる。私の普通を通す以外にないと思った。

その頃から、私は細々と童話を書き始めていた。いっそ、普通でないおかあさんを書いてみようか。そして、『わたしのママはしずかさん』という作品が生まれた。少しも静かでないしずかさんのお話だ。その中で、「ママはそこらのおかあさんと違って、噛めば噛むほど味が出る口だ」と見得を切っちゃってる。苦しまぎれの開き直りだった。続編で主人公の女の子はしみじみとつぶやく。

「いつから大人の仲間入りで、いつから子どもの時とさよならしたのでしょう。そんないつなんて、きっとないのです……たぶん私たち一緒に大きくなっているのです」

これもまた開き直り、なんとか大人になれない自分を納得させようとした言葉といってもいいかもしれない。

でもこの気持ちは、童話を書くときの私の拠《よ》り所となっている。失ったものに対して幻想を持ち過ぎた者がやっと見つけた、心が自由になる場所といってもいいかもしれない。

一人、一人でありながら、どこかで一つであることが、生きることの基本だと実感できる。

22歳、早稲田大学四年生。
卒業旅行で行った奈良の室生寺にて。
（著者提供）

第二章　魔女

岩田先生の自画像

民俗学者、岩田慶治《いわたけいじ》先生には二回お会いしたことがある。たったの二回と、今、これを書きながら驚いている。何度もお会いしたような気がしていた。先生の書かれた本にはさまざまな風景が現れる。そのどれにもどこかで出会ったような気がするからだろうか。

先生に初めてお会いしたのは、確か未来学会のシンポジウムの時だった。そのときのテーマは「見える世界と見えない世界」。これは正に私が書きたいと思っているものの依《よ》って立つ所といってもいい、そう思って出席した。でも、台の上に座って、いろいろお話をしなければならない所に出るのは初めてだったので、もうドキドキ、やっぱり来るのではなかったとつぶやきながらふるえていた。

その時、岩田先生が「ぼくも童話を書きたいのです。でもなかなか時間がなくて」と話してくださった。「えっ」と驚いた。本当だろうかと思った。学者先生と童話、この二つは私の中でなかなか仲よく並んでくれなかった。きっと私を助けて下さったのだ、そう思った。でも、そのあと、私は先生の本を読むようになり、すっかりその世界のとりこになってしまったのだ。

最初に読んだのは『カミの人類学』だった。なにしろ、ひらがなとカタカナの世界に生きてきたから、民俗学と学の字なんかつくとまず大変と思ってしまったが、とてもよくわかった。わかったというより、すーっとその世界に入ってしまい、ずっと前からそこの住人だったような気分になった。それから、もう数えられないほど何回も読みかえしている。表紙はそり、本の角はまるくなってしまった。「ピー」という音の不思議な見えない存在。「二つで一つ」「それぞれの時の同時」、もうお経のようにつぶやいてしまう言葉が沢山ある。また先生の文章は絵のようだと思った。風景が見えてくる。そこでは風が吹き、川や木や草のにおいまで立ちのぼってくる。そして私は飛んでそこに入りこんでしまう。先生の見た風景を私も見る。なんだかとても安心してしまうのだ。

例えば、ホームレスについての記述があった。そこを読んだとき、一瞬にして、六歳の頃に戻っていた。江戸川の土手に住んでいたホームレスのハーちゃんを思い出したのだ。ハーちゃんは川原から小石を拾ってきて、福神漬のビンにためていた。それを大切そうにリンゴ箱の上に置いていた。出掛けたのをみすかして、長い棒でむしろの戸を持ちあげて、のぞいたその光景が忘れられない。とても恐ろしく、でもどこか清らかで、私はハーちゃんが私と同じ気持ちを持っているように思った。

闇について書かれた所も大好きだ。調査旅行の途中、先生が過ごされたタセック・ベラ湖のほとりの一夜、一緒に過ごしてくれると思った人に帰られ、先生は困惑なさる。あたりは圧倒的な闇だ。ささいな音がたちまち形になってせまってくる。子どもの頃、私もそんな闇に出会った。木立に覆われた切り通しの道は真の闇だった。進むことも、戻ることもできずに立ちすくんでいた小さな私が見えてきた。闇の中にはありとあらゆる恐ろしげなものが蠢《うごめ》いている。逃げたら追われる。それはもっとこわい。なるべく私がいると気づかれないようにかくれて、いや、私もお化けになったつもりになって歩かなければ、とうてい家には帰れないような気がした。

ピーという存在にもとても心が引かれた。アイルランドのある道端には「妖精が通ります」という意味の絵がかかれた道路標識が立っているという話をきいた。そのとき、この妖精はとんがり帽子をかぶった小さな人だととっさに思った。こそこそ道を横切る姿が見えるようだった。でも、ピーというものには、そういう出来あがった形がないのがとても新鮮に思える。稲のピーだから稲の形なのだろうか。沼のピーは沼の姿なのだろうか。それぞれにあるのに、でもピーは一つだという。「ピー」と声に出していってみると、どこか明るくってたのしい。どこにでもいるのだ。どこにでもいると思っている私にもいるのだ。なんだか気持ちが開かれていく。

二度目に先生にお会いした時は、京都のお宅に伺った。その頃、私は魔女という存在について、いろいろ考えている時だった。

私には、思いたったら、走り出した汽車にとび乗るように作品を書いてしまうくせがある。『魔女の宅急便』もそうだった。そのとき心の中にあったものは、主人公はごく普通の女の子、できる魔法は現代の魔女だからたった一つ、飛べること、それだけきめて出発進行してしまった。

書き上げて、ほうきの上から地上に降りた私は、そういえば……と遅ればせながら考えてしまった。魔女といえば、長い歴史を持っているはず、そこを無視して書いてしまってよかったのだろうか。私は岩田先生にお会いしたくなった。そして先生の世界に魔女が入れるか……と不安に思った。もし入れるなら、私の魔女もこのあとずっといきいきとしていられる。

先生のお宅は静かなお寺の近くにあった。お部屋の壁には先生がかかれた油絵が二枚、いずれも木の絵だった。「絵をかくのが好きです」と先生はおっしゃった。「この近くにもいい木があるんです。散歩のとき、ときどき見にいって、どんな風にかこうかと考えたりするんです。三角っぽくかいてみようか、四角っぽくかいてみようかなんてね」

私はその絵に強く引きつけられた。これは木だけど、先生だ。普通は風景画と呼ぶのかもしれないけど、これは先生の自画像だと思った。そのあと、木がいっぱいある所にいったりすると、先生に似ている木はないかしらと、つい探してしまう。ぴったりと思える木に出会えると、嬉《うれ》しくなる。

しばらくして、先生から厚い封書をいただいた。なかには童話のように書いたとおっしゃる「宇宙ネコ」という文章のコピーが入っていた。それは以前ご病気された先生が一ヶ月振りに退院され、ご自宅のお庭をごらんになった時の印象を書かれたものだった。入院されたとき冬景色だった庭が今はうすみどり一色。「ネコが動く、木が動く、ネコが走る、魚が動く、その形が動く、その影が動く、うすみどり色の宇宙が動くのです。――（こうみえるのは）死から生の側に戻って、いまちょうど二つの世界の境い目にすわっているからでしょうか」

境い目とは命の生まれる所なのだなと思った。見える世界と見えない世界、そんな時、きっとピーが顔を出すのだ。

さかい目ばあさん

『ハナさんのおきゃくさま』という作品を書いた。ごく小さな子ども向けの作品だ。ある所ではぎっくり腰のことを魔女の一突きというそうだ。この作品もどうやらそんな一突きを受けたような気がしてならない。

ハナさんは連れ合いを亡くしたあと、森の始まりの、街の終わりに建っている家を見つけて移り住む。この家には森に向かってドアが一つ、街に向かってドアが一ついている。「二つドアがあるなんて、おきゃくさまが沢山来てくれてにぎやかよ」

これから長い老後を迎えようとしているハナさんはたいそう気に入って越してくるのだ。お客様が来たらおもてなししようと、用意おさおさ怠りなく待っていると、不思議なお客様が次々と現れてハナさんを驚かし、楽します、そんな物語なのだ。

まず一番手は山ばあさんだった。もしゃもしゃの頭に鳥の巣をのせ、五十年振りに里に出てきて、ハナさんの家の森に向かったドアにつき当たる。「いったいだれだいこんな所に家をたてたのは」ドアを開けたハナさんをどなりつける。でも、さあさあと招き入れられ、お茶など出されて、心がなごんだところで、いい気持ちで名乗り出す。「わたしは山ばあさんっていうんだけど、あんたは何ばあさんかい」

ハナさんはぎくりとする。突然何ばあさんといわれたって、ハナノ　ハナという名前はあるけど、隠居の身に威張って名乗れるほどのものはない。でもハナさんはとっさに答える。「森と町の境いに住んでいるから、さかい目ばあさんよ」

作者の私もとっさの問いにあわてて、こんな妙な名乗り方をしてしまったのだ。驚いた。ほんのはずみの返事、理屈はなかった。万年筆の先からにじみ出たインクがこう記してしまったとしかいいようのない気分だった。いつだって、私は物語をこんな風に出会うように書いている。軽いのりで気が引けるけど、狙いや、つもりなんて、全くない。インクのしみが物語になっていくのを自分が楽しんでいるふしがあるのだ。体の奥から促すように何かが響いてくる。魔女の一突きならぬ連打。もしかしたら若いとき過ごしたブラジルの音楽サンバと関係があるかもしれない。

でも、このさかい目ばあさんと書いたとたんに私はこの名前がとても気に入ってしまった。さかい目っていうと、両方あるってことだ。二つ楽しめるってことなのだ。しめしめではないか。びゅんびゅんごまの糸のように家から続く二本の道があるなんて、形として面白いと思っただけなのに、この家をとりまく世界に何やら意味が生まれてきたようではないか。うれしくなった。私の場合、作品の意味はこんな風にいつでもあとからついてくる。

もしかしたらハナさんも魔女の仲間といってもいいのかもしれない。また物語も、こんなさかい目から生まれるのかもしれない。もっと魔女の目を持ちたいと思った。

フランスの歴史学者ミシュレは、『魔女』という本の序文に、「自然が魔女をつくった」と記している。彼女たちはとっても格好《かっこう》のいい生まれ方をしたようにみえる。でも私がちょっぴり持っている魔女の概念はこわごわしいものばかり。アンデルセンの人魚姫の中に出てくる魔女、マクベスの中の魔女たち、魔女呼ばわりされ火刑になったジャンヌ・ダルクなどなど、すごいパワーの持主ではあるけど、その誕生のときにつつまれた空気が自然という名であったとは、なかなか考えにくかった。

もし今でも自然から生まれてきたような魔女がいるなら会ってみたい。そして私の旅が始まった。でも魔女は垣根の上などに乗っているといわれてるので、下にいる人間どもにこっち側に引っぱり降ろされるか、あっち側に突き落とされるかしてしまって、なかなか居所をつきとめるのはむずかしかった。

ルーマニアの奥地にそんなおばあさんがいるという話をきいた。ルーマニアといえばドラキュラが知られているが、血を吸いたがるというくせからして、あんまり不思議な存在とは思えない。計算が先行するような垣根の片方、目に見える世界側のモンスターのように思える。その土地に本当に魔女がいるだろうか。行ってみるより仕方がない。

イザ川という小さな川のむこうはウクライナ、カルパチア山脈の裾野にあるマラムレシュ地方の小さな村におばあさんはいるという。地球の上ではずい分北に位置するのに、夏の盛りは想像を絶する暑さだった。反対に冬にはきびしい寒さが待っているのだろう。密《ひそ》かに魔女と呼ばれている老女と出会い、一緒に山へ薬草をとりに行く機会を得た。足元のおぼつかない斜面をあちこち探し歩くこと二時間余り、老女の叫び声に走りよると、魔女の葉としては代表的なマトゥラグーナが群生していた。この草を抜き、手に入れるためにはいろいろな儀式がある。例えば根のあった土の中にコインを入れる、抱きよせた草の束に強烈な地酒をふりかける、一つ一つに何か意味があったのだと思う。でも、今日の魔女は伝えられるままを行い、意味を知ろうとしていないようだった。でも、草を抱きしめ、ほおずりし、またほおずりをする老女の喜びの大きさに、その意味は潜んでいるように思えた。ものすごい高笑いが、太い木の幹をはい昇り、山々にこだまし、熱風のように大気の中にとんでいった。叫び声とともにゆする全身の喜びの踊り。その昔、このくさぐさに女たちはどれほどの願いを託したことだろう。子どもの健やかな成長を、夫の健康を。ミシュレはいっている。「これが科学と宗教の始まりなのだ」

魔女の誕生はこの叫び声と共にあったのだと実感できたひとときであった。過酷な自然の中で、自分の愛しい人々を守りたいという願いが魔女という存在をつくっていったのだろう。そう考えるとその後の魔女の存在の危うさが少し分かってくる。どっちに落ちるかわからない垣根の上の危うさ、両方の世界を楽しむことが許されない時代の動きがあるのだ。時代がバランスを失ったとき、魔女はどちらかに落下していく。

言葉は意味を持って、物事を分けようとする。今の時代は分けることに人々は忙しい。分けて、自分の居場所を決めて、安心を得ようとしている。垣根の上の魔女も、どっちかに振り分けられる運命からのがれられなかった。垣根の上で魔女が心をときめかして見る二つの世界。見える世界と見えない世界、この二つが同時に一つになる所が人の居る場所ではないか。そこでこそ人の心はときめくのだ。そのさかい目から物語も生まれてくるように思う。

魔女がいっぱい

十二歳のとき娘が一枚の魔女の絵を描いた。その魔女は黒いとんがり帽子に服、黒猫をつれほうきに乗って飛んでいた。一応魔女の小道具はそろっている。でもこの他に、トランジスタラジオがほうきの柄にぶらさがっていた。まわりには音符が踊り、どうやら、娘の好きなビートルズでもききながら飛んでいるらしい。

「おっ、こんなかわいい魔女の話を書いてみたい」

そのときすぐ思った。

それから数年して、『魔女の宅急便』の物語が出来上がった。

「楽しいお話ですね」「かわいい魔女ですね」

こんなうれしい言葉が耳に入ってきた。ところが、「でも」という言葉が続くことがあった。「でも、魔女って恐いものじゃないんですか」「魔女ってそもそもどんな人だったんですか」

ほんと……何気なく書いてしまったけど、魔女は長い歴史を持っているはずだ。そこを知りたいと思った。魔女についての本をいろいろ読んだ。魔女が沢山出るというお祭りや、まだ実際に薬草とりをしているというおばあさんも訪ねてみた。そして、おぼろげながら、魔女という人が見えてきた。

毎年二月、南ドイツの町や村で行われるファスナハトの祭りでは仮面の魔女が町の通りを踊り歩く。夜になると、町の広場は明かりが全部消されてたき火がたかれる。タイコの音のひびく中、ほうきの柄をさかさまにして棒高跳びのように、魔女は高く燃え上がった炎の上を次々ととびこしていく。こわいような、でも神秘な光景だった。たき火からこちら側は冬、あちら側は春、その境目をとびこすことにより魔女は春を運んでくれるのだという。北ヨーロッパの冬は長く厳しい。そこに春を運ぶという魔女。どちらかというと否定的な意味を持たされていた魔女とは少し違うようだ。

ドイツの北の方では沢山の魔女が練り歩くワルプルギスという祭りがある。ゲーテの「ファウスト」にも登場するよく知られている祭りだ。このワルプルギスというのは実は聖女の名前だという。聖女の名がつく祭りに魔女が繰り出す。こんな変な現象はなにを意味しているのだろう。もしかしたら聖女もまた魔女、魔女もまた聖女。よきものとあしきものは同じ道の上にある。生があって死があるように。光りが闇に続き、闇がまた光りにいたる。私たちがいる所はこんな世界なのではないだろうか。答えはひとつではないのだ。

ベルギーのイーペルという街で、三年に一度、「猫祭り」という祭りが催される。その最後のプログラムに「魔女の火刑」というのがある。毛織物の集荷地であったこの街ではねずみの被害を恐れて、猫を沢山飼っていた。すると猫と魔法、猫と魔女、猫崇拝というようにうわさは広がり、大きくなっていく。なぜあの街は裕福なのだ！　なぜあんなに猫がいるのだ。何か魔術を使っているに違いない。キリスト教が大きな力を持っていた時代だ。こんなうわさは命取りだ。猫崇拝なんてとんでもない。毛織物を出荷した後、うわさを打ち消すために、街の人は不要になった猫を塔の上から生きたまま放り投げたという。これが「猫祭り」の由来だといわれている。今では街中の人が猫になって陽気に通りを練り歩くお祭りになった。でもその夜の祭りのプログラムには、お芝居であってもゾッとするような、魔女の裁判があり、火あぶりの刑もリアルに行われる。高々ともえるたき火の上に裁判で有罪とされた人が舞台から引き摺《ず》り下ろされ（ここまでは魔女の仮装をした本物の人）、代わりに等身大の魔女の人形が投げ入れられる。祭りのパフォーマンスとわかっていても背すじがさむくなる。猫祭りの実行委員さんは、今、あなたの立っているこの広場で、ベルギーでは一番多くの魔女がやき殺されたんですよ、と半ば誇らしげにいった。

ドイツ語では魔女をヘクセという。これは垣根にのぼる人という意味だという。見える世界と見えない世界の境目にいて、双方に出入りをし、二つの世界をつなぐ人が魔女だと言われている。冬から春へと季節を渡す役目、生命の誕生を見守るお産婆さんの役目、また薬草に見られるように、自然界が持っている力を信じ、家族の健やかな暮らしを願って、それを活用する。本来魔女の存在の意味はここあたりから出発しているのだ。始まりは人の痛みをいやし、慰めを与える人と言ってもいいかもしれない。怪我をして泣く子どもに、母親は温かい手を当てて、「チチンプイプイ」とおまじないを唱える。すると痛みが去っていくような不思議な経験は、だれもが持っていることだろう。その母の手にかくれている力、それが魔女の始まりなのだと思う。

それが何故「魔女狩り」というむごい歴史を持つようになったのだろう。魔女は人の願いから生まれた存在だった。その願いが優しいものだったとき、魔女は優しい顔をしていた。でもその願いがみにくく変わっていくにつれ、魔女も恐ろしい顔に変わっていったのだ。そして火刑という運命にまで追いやられる。そのときどきの社会の変化によって魔女もまたいろいろな顔を持つようになってしまったのだ。

総てのものを育てる大地の母ギリシャの地母神ダイアナが魔女の始まりともいわれている。魔女の背景には常に豊かな自然があったのだ。そこに絶えず謙虚なまなざしをそそぎ、力を得てきた。魔女とは本来そういう存在だったのだ。

私も飛べる！

娘が描いた絵の中の魔女はラジオから流れる音楽を聴きながら飛んでいた。へー、魔女にラジオか……。そのとたんに、音楽に合わせて空を飛ぶ魔女の体の動きや、ほっぺたの横を通る風の流れを感じた。

もう、この世の中に魔女なんていないんだ。魔女らしい人もいないんだ。魔女の物語を書いたって、どこか嘘くさくなってしまいそう。そんな気持ちでいた。でも果たして本当にいなくなってしまったのだろうか……その時、ふーっとどこかに出口が見つかったような気がした。

私はなんでもいなくなってしまうと思うのがいやで、なるべくなら身辺がにぎやかなのが好みだ。母を亡くしてからは、もう誰にもいなくならないでほしい。これは相当強い気持ちだった。それでお話の中ではネッシーにも、ドードー鳥にも生き返ってもらったりしている。今度は魔女、元気に空を飛んでもらいたい。心はきまった。流行の洋服なんかも着たくなってしまう、ごく普通の女の子の魔女、でも、空だけは私の代わりに盛大に飛んでもらおう。主人公キキの姿が次第に出来上がってきた。

飛ぶことは私の長年の夢以上のものだったのだ。飛んで、鳥の目の高さから、自分の暮らしている場所を箱庭サイズで眺められたら、あちこちに姿をかくしている不思議が見られるのではないかと思っていた。

天と地の境目あたりを飛んだらどんな気分だろうと思いつつ、この作品を書いている間、私はいつも体を浮かしかげんにしていたような気がする。しばしば風を切るように肩を左右にふったりして、主人公のキキの心のリズムに合わせてみた。その浮遊感は楽しかった！

でもこれはその主人公と合体するというのとちょっと違う。並んで一緒に飛ぶといったらいいのだろうか。半歩後ろから、追いかけるように飛ぶといったらいいのだろうか。そうしながらおかしなことや、ドキドキする時間を共有したいというのが私の本音。そんなわけで初めから主人公とはいい距離感をもっていたように思う。あまり立派になられては、となりを歩く私が追いついていけない。いろいろな人に会わせたい。いろいろ事件を起こしたい。このキキはそれにどう向き合っていくだろうか。飛べるんだから、それには宅急便という仕事が良さそうだ。だんだんと物語が姿を現し始めた。

「なんでもおとどけいたします」

なんでも……間口は広くしておいたほうがいい。一度でもいいからやってみたいと思っていたことを、キキにしてもらおう。例えば、西部劇のように列車の屋根の上にのるとか、人の秘密をのぞくこととか、形のない時や音を運ぶとか。

魔女キキにはあり得ないことと、あり得ることを飛んでつなげてもらったら、物語は面白くなりそう。そして、キキは次第に自分の場所を見つけていく。そして、私も見つけたい……できることならと欲張った。楽しみが広がってきた。

名前は、いの一番

『魔女の宅急便』を書き始めるとき、主人公の名前がなかなか決まらなかった。かわいくって、魔女らしい名前にしたい。先に決まった黒猫の名前ジジに合うものにしたい。そう迷っていた頃、友人がドイツからお土産に魔女のお人形を届けてくれた。そのお人形は、典型的な白髪、かぎ鼻のおばあさんの魔女。すぐぴったりの名前が見つかった。「ゾゾさん」。ゾゾさんはそれ以来、どっかりと戸棚の上に座り、眼光するどく、私の行動を見守っている。

ところが肝心の主人公の名前がなかなか決まらない。たかが名前じゃないの……仮に○○と書いといて、思いついたときに入れればいいじゃないの。そう考えもした。でも、私にとって、主人公の名前は、そこから物語の世界が始まるといってもいいくらい大切なものなのだ。気持ちをごまかすことはできない。

このこだわりは私の幼いときの思い出と深くつながっているように思う。

幼稚園から小学校の一、二年のころまで、私は泣き虫で、とても陰気な子どもだった。そう周りの人からもいわれ、自分でもそれが情けなかった。友だちとも遊べない。先生にも口をきけない。そして絶えず不安の種を作っては、それを小さな胸で育てて、さらに不安を大きくしていた。大切な者を連れ去る、これが死というものだというこ とをこの時知ってしまった。それ以来、そこから離れることができないでいる。だれかが笑っていると、あんなに楽しそうにしているけど、いつかあの人も消えてしまうのだ、しかも突然に。小さいときそう思ったものだ。不安になると、止まらない。だから泣く。でもその理由が言葉にできない。それでただただ拗《す》ねたように泣くばかりだった。

一年生の時、父が再婚し、私は新しい母と受け持ちの先生のお宅に挨拶に行った。佐《さ》藤《とう》先生という、若い女の先生だった。多分夏休みだったのだろう、先生は浴衣を着て、縁側に座っていた。そして私に笑いかけ、「栄子ちゃん、新しいおかあさんができてよかったね」といった。私はびっくりした。先生が私の名前を知っていたことが驚きだったのだ。学校では「角野さん」と呼ばれていたから、先生が私を栄子ちゃんと知っていたのが「どうして？」って聞きたいくらい不思議だった。でも先生ははっきりと栄子ちゃんって呼んでくれた！「私っていいたんだ！」と思った。自分を情けなく思い、自信が持てなかったので、自分は人からは見えていないように思っていた。

嬉しくって、家に駆け戻り、飛びつくように父に言った。

「先生がね、私の名前を知ってたの。栄子ちゃんって呼んでくれたの」

すると、父は笑いながら、「お前は可愛い子だから、先生が名前を覚えているのは当たり前だ」といった。その時の喜びを忘れることができない。

子どもって、絶えずこのような時間を探し求めながら大きくなっていくように思う。

一ヶ月ばかりたって、魔女の女の子はキキという名前に決まった。これしかない、そう思えた。そしてキキははっきりと存在するものになった。そこで初めて、私はキキに声をかけた。

「ねえ、キキ。あなたのほうきのはじっこに私をのせてくれる？　そして、二人で思いきり楽しくって面白い世界を飛んでみましょうよ」

空の底

子どもの頃の私は一つのものをじっと見る癖があった。とりわけ空が気になった。ふと目に空が映ると、なぜかそのまま飽きずにずっと見ていた。いつも青い空だったように思う。よーく見ていると、青空の中には無数の水滴がぶつかり合いながら飛んでいて、一つ一つがちがった光り方をしていた。ときどき目のはじを指で押さえて、ちぢめたり、ひっぱったりすると、空は小さくなったり、細長くのびたりした。そのうちに何かにつかれたみたいに、空の色が気になって、空の上を上へとにらむ……私はそこを空の底の底と呼んでいたのだけれど……。すると空の青さに不思議な影がさしてくる。この青さはどこまでも続いているのではなく、どうも終わりは黒い色にとけこんでいるように見えるのだ。いくら明るく見えても、底の底には何かこわいものがある。油断してはいけない。だから空を見るとき私はいつも少し緊張していた。

空を飛ぶ魔女の物語を書いているとき、この空の色が心にあった。空の底に黒い色がなかったら魔女は空を飛べないのではないかと思った。物語の中では魔女が飛ぶのは魔女の血が飛ぶのよと、私は主人公にいわせた。でも本当はこの黒い色が飛ばすのではないかと思う。そう、魔女の血を支えているのもこの黒なのだろう。映画化の話が持ち上がってから、アニメで宮崎駿《みやざきはやお》さんが私の思っている空の黒をどう感じてくださるか、私はたのしみでもあり、ちょっぴり心配でもあった。原作と映画とは別のものよね、と映画ができる前から構えてみたりもした。

映画は風吹く土手の上で主人公の魔女キキが旅立ちを決心するところから始まる。近頃めっきり数が少なくなってしまった魔女は十三歳の年の満月の夜に旅立ち、魔女のいない町で一年間の修行をすることになっているのだ。あわただしい準備も終わり、いざ、旅立ち。そのとき、一切の音が消え、画面いっぱいにほうきにまたがったキキが現れる。荒い風に髪が逆立ち、スカートが大きくふくらむ。その一瞬の風の中に私はあの黒い色があると思った。私の勝手な思い入れが生かされている喜びを感じた。ここは映画の中の一番美しいシーンだと思う。

映画が封切られると、私のまわりはがぜんにぎやかになった。見たという報告や感想、その声の多さに私は正直とまどい、なによ、本とはずいぶんモテ方が違うじゃないのさ、と思わずつぶやいたりもした。日がたつにつれ、ますます大きくなる映画の人気にもうびっくり。一日待っても見られなかったんですよ、などと聞くと、驚きを通りこして、不思議にさえなってくる。どうしてまあ、そんなにそろってぞろぞろ行くんだろう。

「要するにのり、のりなのよねえ、アニメってのせてくれる」

若い女の子が明快に答えてくれた。なるほど、そういえばキキのコリコの町到着のシーンなんて、私ものっちゃった。色と音と映像、それは瞬時にこっちをつり上げる。後はライブの一体感。アニメーションは文字では味わえないものを沢山持っているのだなと思う。

ところが毎日来るようになった読者の手紙の中にこんな手紙があった。

「誕生日に母親からお金をもらいました。それでアニメで見た『魔女の宅急便』の原作を買いました。とてもおもしろかった。おかげでぼくの十五歳の誕生日は素敵なものになりました」

手紙の主はぼくで十五歳。今の日本にこの年齢の少年が欲しいものは数限りなくあるだろう。その無数のものの間をすり抜けてせっかく手にしたお金をもう見た映画の原作に投資する。これは簡単なことではない。そうさせるエネルギーが宮崎アニメにあったのだと思う。でも、私はここに今の若い人たちの案外かしこく、まっとうな生き方みたいなものを感じるのだ。アニメにのりにのったあとは、その体験を身内にしっかりととりこむ。今度は言葉の世界に入ってじっくり自分との対話をする。活字か映画かなどと目くじらをたてずに両方の良さをすんなり使い分ける。そういうことをこともなげにやってしまう人が増えてきているのではないかと思う。

映画から私の本へのUターン現象は今も続いている。私の本は宮崎さんと幸せな出会いをしたのだなと思う。

魔女の粉

母に早く死なれた私は、この世の空か地上か、どこかはじっこの方にとてつもない力があって、それには抵抗できないのだということを、身にしみて感じていた。目に見える世界の幸せは影の薄い頼りないもので、見えない世界の力の方がずっと大きく人を動かすのだと心のどこかで知ってしまったような気がする。そのせいか私はいつもここではない、どこか向こうの見えない世界を思っていた。ありがたいことにこの思いはいつもたのしいものに向かっていった。向こうから現れる心躍るものを待つ気持ちになっていった。それは今、現在も変わらない……。

二十四歳の時も、そんな気持ちに動かされて、ブラジルまで出かけてしまった。十歳で終戦を迎え、そのあと洪水のように押し寄せてきた欧米文化の影響を受けて、五〇年代末から六〇年代にかけての日本の若者の多くがそうであったように、私の関心はもっぱら海の向こうに向いていた。円も自由化されてなく、海外旅行もできない時代、でもブラジルなら移民として行かれると知ると、結婚したばかりだったこともあって、その半年後には二人で片道切符を握って船に乗り込んでいた。まことにせっかちなコスモポリタンだったのだ。そして、地球の向こう側のブラジルまで二ヶ月の船の旅が始まった。

太平洋、インド洋、アフリカの南端、喜望峰《きぼうほう》をまわって大西洋と、来る日も来る日も海の上。水平線は船の上から見ると、三六〇度ぐるりと囲んでいる一本の線なのだ。そこからある時、ぽつんと見えてくる船影、雲影、島影、陸影。影がはっきりした形になるまでの時間、こちらの想像は限りなくふくらんでいく。水平線はドキドキ、ワクワクするものをまるで手品のごとくはき出して見せてくれるのだった。退屈そうに見える船の旅がいつも何かを待っている私の心の動きとこんなにぴったりくるなんて、楽しかった。何も起こらず、ただ水平線を乗り越えた後は、また何かを期待して水平線を眺める旅が続いた。ダウン、ダウン、ダウンと不思議の国のアリスが穴に落ちていったようにに波に乗って地球のふちをころがって、アリスの穴に入っていったような。

到着した穴の底？……ブラジルには、またしても、不思議な暮らしが待っていた。落ち着いたサンパウロのアパートの隣人は二流のサンバの歌手。朝から晩までギターと太鼓で、チャンチキツカッチャの毎日。気がついたときにはそこにどっぷりつかり、両手を高々と上げ、足を踏みならし、「ママ　あたし　ほしいの　ママ　あたし　ほしいのよう　おっぱいほしいの」なんて、解釈によってはにやりとしてしまうような歌を歌っていたのだった。太鼓の音といってもこの国ではさまざま、小さいのではマッチ箱、おなべ、お弁当箱、足の踏みならし、もちろんちゃんとした太鼓。なにによらず叩いて、その巧みなことは驚くばかりで、きいていると音は形になり、空に向かって行進しているように鳴り響く。

私はこの町で一人の魔女？　に出会った。本人にそう告白されたわけではないので、いいきることはできないけど。私には魔女としか思えなかった。名前はクラリッセ。私より三歳ほど年上の二十七、八。コピーライターをしていて、とりのくん製の商品名はチキンをもじって「チキーニョ」にしようなんて考えていた、そんな人だった。初めて会ったのはサンパウロの日本映画館のロビーの片すみ、黒澤《くろさわ》映画が終わったあとだった。隣に座った私の気配で振りむいた顔は燃えるような赤毛にかこまれ、ちょっと離れた目は翡翠《ひすい》の緑色、煙草の煙にいぶされた声は見事なハスキーボイスだった。映画のことなどいろいろ話し合ったあと、「明日、あたしの家にいらっしゃいよ。

海辺よ。ここからバスで十五分」といった。海辺とは……このサンパウロには海辺のかけらもないはず。不思議そうにしている私に追いかけるようにいった。「ほんと、ビーチよ。ビキニが歩いてる」

次の日訪ねた彼女の家はアパートの三階のワンルーム、一方に大きな窓があって、細い通りをへだてて木立の深い庭が見えた。「床に寝ころがって目をつぶって」いわれたとおりにすると、すぐビーチの意味がわかった。むこうの庭の木々が風に吹かれて音を立てている。ざざーざざざー、波のように。でも問題はビキニだ、どこに？次に彼女は窓のへりにあごをのせてのぞきこみ、指をさす。木立から白い帽子がゆれて現れた。

「ほら、ビキニ」

見るとカトリックのシスター。対岸は修道院なのだった。

「彼女たち洋服を脱ぐときのスリルも、着るときの満足も知らないでおばあちゃんになるのよ。だからあたし、ビキニ着せてあげてる」

緑の目が笑った。

こんな彼女の家にはいろいろな人が集まってくる。まず同性愛の男性たち、毎月第一木曜日、彼らのためにフェイジョアーダというブラジル料理のパーティが開かれた。

「あんたは偏見がなさそうだから特別」と私は同席をゆるされた。二人ずつしっかり寄り添ったカップル。一様に、一人は目を見張るほど美しい男の子だった。今から三十年も前カトリック信者の多いブラジルでのことだ。恐らく肩身の狭い想いをしていたはず。クラリッセの部屋は彼らの解放区なのだった。「だれを愛したっていいわよね。あたし、木だって鳥だって愛していいって思ってるの。同じ星に乗ってるんだもん。でもねえ、あんなきれいな男の子が女の子嫌いだなんて、これは残念」

彼らが帰った後の彼女のつぶやき。

もちろんそうでない男性もやってきた。ある日、偶然居合わせた男の人は小声で私にいったものだ。「ぼくがここにいたって、家内にいわないで」なんて正直な人。私が家内を知るわけないのに。クラリッセは洋服を脱ぐときのスリルも充分知っているようだった。

「今夜、ちょっと変わった音楽会があるの、行く？」クラリッセが誘いに来た。もちろんです。行った先は高級住宅街の一角。大きな家が夜の闇の中に黒くそびえていた。立派さは闇に浮きあがったシルエットばかりで、よく見れば全くの廃墟《はいきょ》。ここで音楽会があるというのだ。なんとか庭を抜け館の中に入っていく。まっくら闇。どこからかかすかに太鼓の音が響いてくる。床が抜け、梁《はり》が落ちている中を手探りで進んでなんとか三階まで昇っていくと、次第に太鼓の音が大きくなってきた。でもまわりの闇は変わらない。最後は垂直に立ててある梯子《はしご》を登って天井の戸を押しあげると、ものすごい音が降ってきた。そこは広い屋根裏部屋。隅々に立てた大きなローソクの中で大勢の人が踊っていた。顔のどちらかをローソクの明かりで浮きたたせ、あとは影のようにとけて、体が揺れてる。

「あつまってる、あつまってる。アハハハ」

クラリッセはしゃがれた声をあげると、すぐに踊り出した。このたくさんの人たちはどこから現れたのだろう。廃屋を昇ってきたときはだれ一人会わなかったのに、もともとこの屋根裏に住んでいた怪しい、姿のなかった人たち……？

クラリッセにきいても、「放っときなさいよ。アハハハ」というばかり。この闇の中の音楽会は実は私が入り込んだアリスの穴の底かもしれない。そこで私は夢とも幻ともつかないクラリッセと出会ったのだ。

今でも煙草のにおいと一緒に彼女のしゃがれた声が耳に残っている。

その後、少しずつクラリッセの生い立ちのようなものが私の耳に入ってきた。生まれはリオ・デ・ジャネイロ。大きな銀行の創業者の孫で、一人ずついる弟と妹はちょっと桁外れのセレブ。彼女自身はハーバードとソルボンヌ大学卒。七ヵ国語を自由に話す。何かの拍子に彼女は自分の家のことを話したことがあった。

「あたしは、お金、あったんだけど、全部使っちゃったのよ。だから今は何もなし、家族もなし」

彼女はすっからかんというように両手をぱんぱんとはたいてみせた。

そんなクラリッセが、私が帰国して一年ほどたったとき、ひょっこり日本に現れた。貨物船の三等に乗って、そしてすぐ六畳一間を借り、銭湯にかよう暮らしを始めた。仕事も自分で見つけてきた。しばらくすると彼女はいった。

「日本人ってどうしてこうくっついて暮らすの？　あたし、くっつくの嫌いじゃないわよ。でも、あの電車の中でくっつくのだけはごめんだわ」

私は日本に来ても、ブラジルと変わりなく奔放に暮らす彼女をはらはらと眺め、時には心配のあまり日本ではこうした方がいいわよ、なんてつい口にしたりしてしまった。

「エイコも日本だとくっつきたいんだ」

彼女は不満そうにこんな言葉を返してきた。

そして三年ほどたったとき、突然彼女は姿を消した。仕事先から問い合わせが来る。

困っていると、パリからハガキが届いた。

「今、パリ、あたしは元気、すべてＯＫ」

文面はたったのこれだけ、住所も書いてない。なぜ、一言の別れの言葉も告げずに行ってしまったのだろう。もしかしたら、私がくっつきすぎたせいかもしれないと思った。

それからまた二年ほどして、今度はブラジルの彼女の弁護士から手紙が来た。

「クラリッセの居所を知らないか。もし知っていたら、彼女の叔母が少なからず遺産を彼女に残しているので、某月某日までに自分のオフィスに出頭するように伝えてほしい」というのだった。でも彼女は居所しれず。私はその旨を弁護士に書いて送った。

それからまた三年ほどして、私はたまたま京都に出かけていった。すると、京阪の地下の入り口をクラリッセらしい赤毛の後ろ姿が駆け下りていくのを見た。「あっ！」電気が身体中を駆け抜けた。私は人目も気にせず大声で彼女の名を呼んで追いかけた。振り返ったのはやっぱりクラリッセだった。

「どうしたの、なぜなの。どうしたの」

そういいながら、私の目からは訳もなく涙があふれてきた。クラリッセは当惑したように私の肩を叩くばかり。やっと落ちついて、これだけは伝えなければと思い遺産のことをいうと、彼女は首をすくめて「もう日にち過ぎちゃったもん。いいわよ」というのだった。連絡だけでもしてみたらと、なおも私が続けると、「もう終わり、あたしには関係ないわ」と、こんなときいつもやったように両手をぱっぱとはたいてみせた。住所を教えて、という私に「ないのよ。旅行中だもの」と首をふる。そして、「チャオ、エイコ」と一言、身をひるがえして、階段を走り下りていってしまった。赤毛が弾んで、やがて見えなくなった。これが私が彼女に会った最後だった。それから、私はずーっと彼女のことが気になっている。

あんなにこだわらず自在な生き方をする人を私は他に知らない。片手をすいと空にのばして、自分に合ったものだけ手に入れる。決して余分のものを望んだりしない。私にはそれが美しい魔法のように思えるのだ。

どうして逃げるように私から離れていってしまったのだろう。それは私のせいだろうか。

キキの話を書きながら、私はしばしばクラリッセのことを想った。でも次第にキキの姿と重ね合わせながら、私なりに納得がいったような気持ちになっていった。物語の中で魔女は独り立ちをして、魔女のいない町を探して暮らすことになっている。それはめっきり数が少なくなってしまった魔女がまだちゃんといることを知ってもらうための魔女のしきたりなのだ。知ってもらうため、クラリッセも私の前に現れたのではないだろうか。そして魔女の粉をぱっぱっと私にふりかけてくれたように思える。大人になると、目に見えるものばかりが大切に思えてくる。家族を持てば、それが一層大きくなる。空の底にひそんでいるどこか暗い、でも力のある空の色。水平線が見せてくれる心の躍るマジック。人を支えてくれる目には見えないもう一つの世界があることを、私は忘れかけていたかもしれない。それを彼女は知らせてくれたのだ、と今は思える。私のポケットの中にクラリッセがふりかけてくれた魔法の粉がまだ残っているだろうか。はたいて集めて、これから書く物語の中にしのび込ませたい。そしてやっぱりいつか私も自家製の魔法の粉をポケットいっぱいにして、空を飛びたい。

このクラリッセは、ブラジルを舞台に書いた私の作品『ナーダという名の少女』のモデルになった。

2016年12月。
『魔女の宅急便』の舞台を上演中の、
イギリス・ロンドンのサザーク・プレイハウスの前で。
（著者提供）

第三章　旅

ギリシャ

夜、九時二十分、成田《なりた》を発《た》ち、バンコク経由アテネ空港に向かう。ひたすら夜の中を飛ぶ。目覚めて下を見ると、延々とベージュ色の砂漠が続いている。目を凝らしても緑も家もない。しばらくして、砂漠が切れ、青い海が現れてきた。エーゲ海との出会いだった。その青のさえざえしていること。少女の瞳《ひとみ》のように柔らかい。現代から闇に入り、原始の様相を持つ自然を越え、文明の生まれた地へ、時をなぞる形で旅を始めてよかったと思った。

翌朝、アテネ到着、ホテルに入る。

「なによりまず屋上のレストランに上がってみてください」という支配人の言葉にエレベーターに乗る。強い日差しの中に一歩踏み出し、目をあけると、アクロポリスの神殿が……はるか空中に浮いているようだ。学生のころ、教科書でお馴染《なじ》みだった列柱がこんな形でこの町にあったのか……祭られているのはこの町の守護神、アテナ女神。

丘の麓《ふもと》で車を降り、一歩一歩上る。近づく神殿は想像を超えて大きい。大理石に手を置く。白い石はかすかにピンクをかくしている。思えば私のギリシャはずっと世界史の中にあった。でもこうして、アクロポリスの丘に立ち、また国立考古学博物館などで出土品の数々を目にすると、古代の人々の神々への思いの熱さに圧倒される。それがいまだに石の神々に生気を与え続けているような気がする。

「ぶどう色なせる海にクレタという島あり」

と、詩人ホメロスはうたった。ここは幼いころから私の夢の島だった。この島にある「クノッソスの迷宮《ラビリントス》」、この名前を聞くたびに、どれだけ想像の翼を広げたことか。神話は伝えている。牛に恋した王妃が半人半牛のミノタウロスを生む。王は迷宮を造りその子を閉じ込めた。宮殿は部屋数、千二百、二層から四層に造られている。神話の人々にも日々の暮らしがあった。心を和ませたであろう彩色壁画、イルカが飛んでいる。食料を入れたという素焼の壺《つぼ》が並ぶ。王妃の部屋はバス、水洗トイレつき。この種のトイレとしては世界最古のものだという。時は遠く離れていても、人の心はこんなに近くつながっている。

宮殿出土の品々が展示されている。エジプト産の金で作ったという目を奪われるような精巧な装飾品。みつを抱く蜂のペンダント。素焼の壺の上ではエーゲ海の魚が泳ぎ、オリーブの葉が一面に揺れている。古《いにしえ》の人の豊かな自然の中での優しい暮らしがしのばれる。

迷宮は闇から光りの中へ現れた。でもこの宮殿の王の名をとったミノア文明にはまだ謎は残る。「フェストスの円盤」と呼ばれる粘土板、渦巻状の象形文字はまだ解読されていない。謎もあってよい。想像の世界に遊ばせてくれるから。

このミノス王の父は有名なゼウスである。子に王座を奪われるという予言を受け、それを恐れる父の手から、息子ゼウスを守るために、母レアが山の洞くつに隠した。彼はここで生きのび、予言の通り、後に父を倒し王座につく。いかに母の心が権力の刃《やいば》を恐れたか、この洞くつを訪ねるとよくわかる。山また山の中、さらに入り口まで登り、それから地底へ。訪れる人の持つローソクの炎が連なって深く深く下へ続く。その明かりは地底の空に浮く銀河のようだ。この山へ至る道筋には小さな村が散在している。コーヒー屋さんではカップを前に老人たちがどこかを見つめ、無言で座っている。道のそばの教会を象《かたど》った小さな祠《ほこら》へ、野の花を一輪供える。近くで野生のセイジが強くにおった。

時空を超えて、心があまりにも激しく動きすぎた。エーゲ海に身を浸したい。空港のあるイラクリオンから車で一時間、海辺のリゾート、アギオス・ニコラオスに泊る。小さな湾がいくつも続き、豪華なホテルが並ぶ。どれも広大な敷地に部屋が点在している。部屋ごとにプールを持つものさえある。ブーゲンビリアが真っ盛り、芝生の向こうにはエーゲ海が光っている。いつでも飛び込んでいいのだ。パリやロンドンで大富豪の気分を味わうのはなかなか難しいけど、ここならなんとかできそう。夜は思いきりおしゃれをして、月光に浮かびあがる水平線を眺めながら、屋外で食事。白身の薄づくりは花びらのように広がり、オリーブの油とよく合う。

ここではなるべく時間をむだに使いたい。目的もなく町を歩き、旅の記念を探す。出土品のコピーの壺や銀のペンダント。アクセサリーは東方に近い地らしいエキゾシズムに満ちている。帰国して土産話をするときのために、小さなギリシャコーヒー用の赤銅のお鍋《なべ》と、コーヒーを求めた。

この旅から二十数年たって、二〇一八年、嬉しいニュースが飛び込んできた。「国際アンデルセン賞　作家賞」をいただくことになったのだ。

「授賞式はギリシャのアテネのオペラ劇場です」

途端に私の胸に浮かんだのは、あの古代の劇場の姿だった。大理石の階段状の観客席が、下へ深く降り、舞台はその底にある、ギリシャ悲劇、メディアなどを上演するあの劇場……？　以前、行った時に、谷底のように見える舞台を見て大感動したのを思い出した。

すごーい！　でもどうしよう。私は勝手に想像して、もう負けそうな気持ちになっていた。

数日して、また知らせが届いた。劇場は違っていた。新しく建てられた、国立オペラハウスだというのだ。調べてみると、パリのポンピドゥー・センターを設計した人の建物だという。ふー、これもすごい！

新しいものができても、アテネはそんなに変わってはいなかった。

授賞式には世界中からたくさんの人が集まった。「おめでとう」の言葉を、一生分ぐらいかけられて、幸せをしみじみと感じた。

画家賞に選ばれた、ロシア出身のイーゴリ・オレイニコフさんはとっても美しい絵を描く、寡黙な男性だった。

授賞式の翌日、一緒に来てくれた編集者たちと、あるホテルの最上階のレストランで食事をした。ドキドキものだった受賞スピーチも終わり、ほっとして、めずらしくワインなぞをいただく。アクロポリスの丘に、だんだんと日が落ちていく。空はこいオレンジ色から、桃色に変わり、やがてそれも薄れて、藍色の中に沈み始めると、丘の裾から静かにライトがつき、列柱が並ぶ神殿は空中に浮くようにくっきりと姿を現した。

昔と今が混じり合って、目の前に広がった。

この「アンデルセン賞」というのは、国際児童図書評議会（IBBY）が二年に一度、各国の支部から推薦された候補者から、これまた世界各国から選ばれた選考委員によって決められる。そのために、日本の支部は推薦した作家と画家の資料を本部に送ることになる。

それは大変な仕事なのだ。今までの私の作品で翻訳されていないものの抄訳、撮影、編集と、すべてボランティアの力を借りて制作される。賞の向こうには、そういう大きな働きがあるのだ。もちろん、私の作品を読んでくれた世界中の読者の支えがあったことは、言うまでもない。

キキのほうきを借りて、「ありがとう」と言いに、飛んでいきたい。

イギリスの夕暮れ

わき目もふらずというのがどうもにが手だ。どんなに急いでいても油断なく目を左右に動かしていて、面白そうな横丁があるとついついとびこんでしまう。こっちを通っていったって、三分とちがうわけじゃなし……これがいつも心に浮かんでくる言いわけだ。そう、たったの三分！「それにつかまらなけりゃ、日々平穏無事なのに」とは、三分どころか、三十分も待たされたあげく、訳のわからない古い壺をかかえてきた私に娘がいった言葉だった。でも、わき目をふっていたおかげで拾いものだってある。

三年ほど前、友人と英国のコッズウォール地方を自動車旅行していたときだった。シェークスピアの生誕地、ストラトフォード・アポン・エイボンでたっぷり遊んで、あとはひとっぱしり、バースでお風呂に入ろう、なんて冗談をいいながら南へとばしていた。この地方は典型的なイギリスの田舎で、実に美しい。ブロードウェイ、チッピング・カムデン……チョコレートの箱の絵のような小さな町が点在している。「あっ、ちょっと寄らない。三分だけ」その度に助手席の私が声をあげる。「だめ、私は明後日、ロンドンで約束があるんだから」

小さくても会社の社長をしている友人は堅いことをいう。でも私はとうとう大声をあげた。「止めて、止めて」友人はあわててブレーキをふんだ。「ねえ、みてみて、あの木。呼んでる。絶対呼んでる」「うん。ほんと」私たちはころがるように車からとび出した。そこは教会の広場で、所々に箱型の墓石が見える。それをかこんでいる木。これは何という名の木なのだろう。二本、三本、五本、とくっついて並んでいる。樹齢を重ねているのだろう、根元のところはとても太い。そして上の方はどこがどの木の枝だかわからないぐらいにからまりあっている。その形がそれはいろいろだった。おかっぱ頭みたいだったり、アメフト選手がにょっきり肩を並べているみたいだったり、棒つきキャンディーがラインダンスをしているみたいだったり。人影もない小さな町の広場にそんな不思議な形で立っているのだった。人の手で刈りこまれているのかもしれないが、ちょうど西に傾いた陽を受けて幻想的な影を重ねていた。童話書きの心はもうその樹上に引きあげられて、どこか他の世界を散歩しようとしていた。

「ねぇ、この近くにホテルない？」

さっきまでダメダメと首を振っていたのはどこのだれだろう。友人はそばを歩いている少年をつかまえてきいている。「この町、なんていうの？」

私も横から口を出した。

「ペンズウィック」

少年の口からまず町の名前が出てきた。「ホテルなら、ほら、あの角」お礼をいって歩きかけると、教会の塔から、鐘の音が響いてきた。カリン　カリリン　カカリリーン。

「あのね」少年が振りかえった。「今日はね、近くの町の腕自慢が集まってね、鳴らしっこする日なんだよ。谷の方に行ってみるといいよ。もっときれいに聞こえるよ」

ホテルをきめるとすぐ、私たちは谷の方に歩いていった。この町は丘の上にあるらしく、少し歩くと、どこまでもどこまでもくだりの坂が続く。緑の牧草地と小さな石の家。動くものは家々の煙突から昇る白い細い煙だけだ。鐘の音が谷を渡っていく。一番低いところから夕方の色が濃くなっていった。子どもの頃を思い出させる夕方らしい夕方だった。

スウェーデン

地球の上にはさまざまな生物がいる。地をはう蟻から、空高く飛ぶはやぶさまで。そのそれぞれが見ている風景は違うはずだ。スウェーデンではサンタクロースは小さい人で、トムテと呼ばれている。人は自分の目の高さで、ものごとを見て、それが当たり前だと思いがちだけれども、この国では、トムテのまなざしを借りて旅してみようかと思った。

首都ストックホルムの北、ダーラナ地方の中心、モーラに向かっていた列車にお子さま専用車両があった。赤と緑に塗り分けられた低い扉と壁の中にはおすべり、ソファ、積み木のおもちゃがあり、幼児三人が無心に遊んでいた。レールは目的地に急ぐ。でも途中の楽しみも大切だ。

このモーラの近くにトムテ(サンタクロース)ランドがある。広い園内にはサンタさんの家、おもちゃ工場、トナカイ牧場、池などが点在している。ホテルのベッドの上のおふとんにはお日さまの光り、枕にはにじがデザインされていた。サンタクロースは立派なひげをなぜながら、園内を歩いている。子どもたちが走り寄り、はにかみながら握手をしていた。レストランで昼食にこけももジャムつき肉だんご（この取りあわせは妙だが、意外なほど美味）を食べていると、そばで毛糸の帽子に入れられた迷子のりすのあかちゃんがねむっていた。目下、職員総出でおかあさん捜しをしているという。庭の小道には小さな花が無数に咲いている。むらさき色は夏至の花、黄色はバターの花、うすもも色はこけももの花。森の星という星形の白い花もあった。もうすぐこけももの実は地を覆うほどになるという。すると子どもたちは森へ出かけ、つむのではなく、シャベルですくうようにして集め、ジャム工場に持っていってお小遣いにするのだそうだ。スウェーデンの夏は短いけれども、大地はできる限りの恵みで応《こた》えている。花を一つずついただいて手帳にはさむ。色があせませんように……。

六月の一日はなかなか暮れない。十時だというのにベッドの顔に夕日がまぶしい。カーテンを引こうとして、目を見張った。窓辺に鳩がねているのだった。羽の下に頭を入れまるくなって。気配に目を半分開く。

「おい、ねかせてくれよ」迷惑そうだ。

「おやすみ鳩さん、あたしもねるわ」

ここでは与えられた恵みを分かちあいながら、総ての生きものが共に生きている。そんな暮らしの中で人々の想像力はトムテ（小さい人）を生み、とかく見過ごしがちな小さな世界に目をそそごうとしているのだと思った。

トムテランドをあとに小型飛行機でストックホルム経由、南のスコーネ地方に向かう。視点が変わった。今、私は鳥の目を与えられている。眼下に拡がる無数の湖、森、町、村々。雲が湖に姿をうつし走り去る。森へ入る道はまるい空間、ロータリーになって終わっていた。木は真直に立ち枝は下にさがる。白樺《しらかば》も柳のように見える。これは寒い国の特徴だそうだ。

女性として初めてノーベル賞を与えられたこの国の作家、セルマ・ラーゲルレーフに、『ニルスのふしぎな旅』という作品がある。ニルス少年はトムテをからかって、トムテにされてしまう。そしてがちょうの背にのってこのスコーネ地方から北のラプランドまで旅をする。そんな冒険物語を読みながら、読者は自国の地形を知ることになる。これは地理の読本（テキスト）として書かれたものなのだと聞いた。当時の農家を思わせるわらぶきの家がニルスの家と呼ばれて残っている。バルト海からの風をさけるためか、屋敷は口の字形。中庭は花であふれ、窓辺には小さな置物。手造りの飾り、鈴などがさがっている。外は麦畑。一方の小高い丘は見渡す限り今は盛りと咲く赤いケシの花。風が吹く。いっせいに赤い色が走った。

このスコーネ地方はスウェーデンの穀倉地帯。豊かな領主の居城が沢山残っている。その一つ、今はホテルになっているスノーゲホルム城に泊る。一歩出るとそこは広々とした沼。真ん中に小島がある。あしが茂り、大きな木が水辺に影を落とす。鳥の鳴き声が重なりあってきこえてくる。見れば、すぐそばにがちょう、白鳥、かも……かもさんお通りの親子の行列がなん組も水面にやさしい波をつくり、水辺には足跡をつけている。丸《まる》の内《うち》に住むかもさん親子の住宅事情には同情を禁じ得ない。野生のくじゃくの夫婦が我れこそ城の主という表情で傲然《ごうぜん》と歩く。姿ににあわずワイルドな鳴き声だ。ここでは三十七通りの遊びができると宿の主人は胸を張った。クレー射撃、ハンティング、フィッシング、ボート、カヌー、ゴルフ、エトセトラ、エトセトラ……その昔、訪れて四泊したというドイツの皇帝ウィルヘルム二世はどんな遊びをしたのだろうか。豪華なシャンデリアのさがる食堂での夕食は、鹿肉のロースト。歯ごたえよく、味は淡白、あと口にかすかに森のにおいが残る。窓から見る夕日の湖水は美しい。なんとにぎやかな静寂だろう。人間はずっと長い間こんな風景の中で暮らしてきたのだなとつくづく思う。

田舎を旅しているとユニークな生活人に出会うことがある。おくさんは麦わらで窓かざりを作る名人。ご主人は若い頃の夢が忘れられないのか冬の間だけ納屋を劇場にして、歴史劇を上演しているという。「夏のうちは畠《はたけ》で働かなきゃね」はにかんだ笑顔が美しい。小さな看板にさそわれて入った家では、この地方の伝統的なお菓子をつくっていた。使う卵は五十数個、あとはじゃがいもとお砂糖。炭火の上でくるくるまわしながら焼く、巨大なお菓子。さっくりした歯あたり、味は品のいい甘さ。今はどこも緑と花の色にあふれているが、きびしく長い冬がこういう健康的な知恵を作りあげているのかもしれない。

スコーネ地方の中心の町はマルメ。ここには特別な想いがあった。スウェーデンのミステリー作家、マイ・シューヴァル夫妻が生んだマルティン・ベック警部の活躍する町なのだ。物語に出てくる通りの名には、「○○ガータン」と、ガータンがつく。本を読んでいて、この音が好きになった。不思議なことになつかしくひびく。明日はここからジェットホイルでデンマークのコペンハーゲンに向かう。

帰国して、手帳にはさんだままだった花をそっとあけてみた。そしてあっと声をあげた。どの花のそばにもなんと小さな小さな虫が押されていたのだった。一センチもない小さな花の中で、夏のごちそうにありついていたのだろう。その命の大きさにただ茫然《ぼうぜん》とするばかりだった。

デンマーク

「デンマークでは牛までホスピタリティを持っている」

以前有吉佐和子《ありよしさわこ》さんのこんな一文を読んだことがあった。

田舎道を走りながらそれを実感した。道の当たりがやわらかい。土は水分を含み、ゆるやかな曲線を描いている。

この国は一人の偉大な作家を生んだ。アンデルセン。聖書につぐベストセラー作家。今もって世界中の子どもたちへ、そしてかつて子どもであった者たちへ、思い出を与え続けている。

ウォルト・ディズニーがディズニーランドを作るきっかけになった遊園地がコペンハーゲンにある。

一八四三年の開園、百五十年の歴史を持つ、チボリ公園がそれだ。

五月の夜七時はまだ日が高い。たっぷり時間があるのは旅人にはありがたい。まず港の人魚の像を訪ね、ニュウハウン、新しい港の家並を眺め、世界最初といわれる歩行者天国ストロイエの店々のウィンドウをのぞきながら、北へ。東京駅の原型といわれている中央駅の近くにチボリ公園はある。その頃になると、やっと物かげは夕方の色、その数《かず》十一万個といわれる園内のイルミネーションが浮きあがってくる。開園当時は恐らくガス燈であったであろう。今も当時の雰囲気そのままに、電球の形をした古風な明かりが、この公園を愛しつづけた人の心の流れのように並んでいる。舞台では昔ながらの素朴なサーカスが開演中だ。ピンのお手玉、人間ピラミッド、ブランコのり、ここでは大きな仕掛けでなく、年季の入った技が見せ物だ。福祉の国デンマークでは、お年寄はフリーパスなのだろう。常連らしいおじいさんがタイミングよく掛声をとばしていた。サーカスが終わると、人々は公園のあちこちに散っていく。レストランに入るもの、衣装屋さんで昔のドレスを借りて散歩にくり出すもの。風船形の観覧車からは若者たちの歌声がきこえてくる。おみやげ屋さんには世界に定評あるデンマークデザインの品々が並ぶ。銀のアクセサリー、藍の彩色の陶器、積み木、人形、おなべまで。すぐあきてしまうような安手のおみやげなんて一つもない。国をあげての自慢の公園なのだ。

アンデルセン出生の地、オーデンスに向け列車に乗り込む。思わず声をあげるほど見事なデザインだ。列車の車体は純白。国旗の色、赤が一・五メートルばかりの斜線で一本。なかの椅子はブルー、頭のあたる所はむらさき、テーブルは白でたっぷりと大きい。途中列車ごと乗り込むフェリーボートのデッキにはブルーの椅子が並び、乗客はゆったりと笑ってくつろげる。手洗いは白の洗面器、水、湯、石ケン水のカランは赤。ちらりと日本の列車の色を思った。汚れが目立たないように、初めっからほこりっぽい色にしておこう……と思っているの？

オーデンスの町の一角にアンデルセンの時代が残っている。低い廂《ひさし》、深い色彩の壁、微妙に波を打っている石だたみ。そこを真鴨の親子が行列して通る。「さあ、お写真をとるなら今ですよ」おしりをぷりんとふってみせる。アンデルセンが幼少の頃住んだという家は驚くほど小さい。靴屋だった父親の仕事場も、寝る所も台所も十一畳位の一部屋。ここで彼は自分をみにくいアヒルの子と見立てたのだろうか。

アンデルセンの記念の品々を展示している博物館の庭で、日曜日には物語の主人公たちのパフォーマンスがある。ナマリの兵隊、人魚姫、えんどう豆とお姫さま、などなど、演じているのは町の子どもたちだという。初々しい。

もう一つそんな光景を見た。オーデンスのはずれにある野外博物館でのこと。日本の明治村《めいじ》といったらいいだろうか……広大な敷地に散在する古い民家を使ってお芝居をしていた。ご領主さまの威張り声が響くと、可愛い腰元たちの黄色い声があがる。次の場面転換は向こうの広場。役者が走り出すと、見物人たちは今まで座っていた椅子をかかえて、後を追う。村のあちこちにも昔ながらの暮らしを演ずる人々がいる。池のほとりで少年と少女がじっと見つめあっていたり、納屋の横の手洗いでは順番を待つワンパク坊主がさわいでいたり、芝居気たっぷりだ。多くは高校生が演じているのだという。

この国の人々は本当に遊園地づくりがうまい。人間らしい温かさと、楽しませたいという気持ちに満ちている。「古いものが残ってるからよ」ちょっぴりいじわるな気持ちもわいてきた。ところがレゴランド。レゴとは日本でもお馴染みのプラスチックの小さな積み木。一方ではこの新しい素材を組み合わせて遊園地ができていた。三八五〇万個使ったデンマーク各所のミニランド。港では船の出入りがあり、列車が走る。通りを歩いているご婦人の胸のふくらみまでレゴ。カクカクとした小さな積み木を集めたものなのに、なぜかやわらかい。人のにおい、暮らしのドラマまで感じられる。

世界的にテーマパークが流行しているけど、集う人々の心をなごませる術《すべ》を持った国民になるのはそんなに簡単なことではなさそうだ。

小さいときから、フィヨルドを見たいと思っていた。氷河がけずってできた湖水。幸運にもフィヨルドを見下ろせるブナの森の中のホテルに泊ることができた。目がくらむほど下に湖水が光っている。ヨットの白い帆、むせるほどのみどり。鳥の声は重なりあい、一羽ずつ離してきけない。

ホテル附属のレストランは古い農家。横を流れる川の流れで水車を動かし、パンの粉をひく。その粉ひき場でお客様は食前酒をいただく。ぽーっと白い粉が舞う舞台の中で、おしゃれなドレスがゆらぐ。そういえば、お話の中では、妖精が沢山、粉ひき場には住んでいるはず。見事な演出。

やあ　ソーリー

おかしな猫を三匹も飼っている友だちがいる。どうおかしいかというとその猫たちは見事なバイリンガルなのだ。一つは猫語、一つは人間語。一度とったエビを、友だちが「犯人はお前たちだね」といったのをきいて、返しにきたというエピソードを持つ猫たちだ。

ある夜のこと、電球がきれてしまったので、その友だちは息子に、新しいのと取りかえるように頼んだという。気のいい息子はスツールを台にほいほいと交換にかかったはいいけど、スツールはだいぶ古く、突然ぐらりとゆれた。「お姉ちゃんちょっと押さえて」そばでテレビを見ているお姉ちゃんにいった。ところがかけよって押さえてくれたのは、三匹の猫のうちの一匹だったというのだ。お姉ちゃんの方は平然とテレビを見つづけていたそうな。

ニアソーリー村は、ピーターラビットの絵本で世界中の人たちから愛されている、著者ビアトリクス・ポターさんが生前住んでいた村だ。また英国人らしい叡智《えいち》の結晶であるナショナル・トラストの発祥の村。そこを私は一九八八年に訪ねた。村の名前が「やあ ソーリー」なんてきこえたりして、お行儀よく見えるけど、いたずら者が住んでいそうな感じがした。

スコットランドのエディンバラでレンタカーをかりて南下を始めた。美しい田園風景が続く。緑の丘がうねうねと延び、それにちょっとあきたなと思うと、こんもりとした森や、可愛らしい村が現れたりする。その展開の仕方が本当にいい頃あいで旅は楽しく続く。隅々まで、人の手で作りあげられた風景だと聞いている。もしかしたら太古からの自然はそのかけらも残っていないかもしれない。それにしても美しい!

車ごといかだに乗ってウィンダミア湖を渡った先にニアソーリー村はあった。まずポターさんが生前愛した農場、ヒルトップに立ってみると、ポターさんの作品に出演している風景そのままを見ることができる。石垣、木戸はいうに及ばず、花の一本一本までがそっくり。イギリス人というのは実に物を大切にする人たちだということは、私のささやかな英国体験でもよく承知していた。でも、それに景色まで含まれているとは、大変な意志の力だと思った。その元をつくった一人がポターさんなのだ。今は博物館になっているヒルトップ農場の中やまわりを歩きながら、私はジグソーパズルの終わりの何枚かを入れるように、風景の中に、ピーターラビットやこねこのトムや、ねずみのおくさん、アナ・マライアの姿をはめこんでいった。と、とたんに、彼らはずっとそこにいたように走り出す。そんな錯覚を起こしてしまう。この小さな動物たちはまわりの人たちとは関係なく自分たちの場所をしっかりと持っている。イギリスの人があまり他の国の言葉を必要としないように、この動物さんたちも自分たちの物語で充分こと足りているように見えた。私の友だちとその猫たちが、バイリンガルで暮らしているのに比べ、彼等はそういう近しい人間とのつき合いはあまりお好みではないような感じさえする。ボンネットをかぶったアヒルが歩き、ヴィクトリア風のドレスを着た猫が散歩し、カッパを着たかえるが、チョウチョウのサンドイッチをかじろうが――ところでチョウチョウのサンドイッチって、どんな味なのだろう。ちょっときくとおしゃれなネーミングだけど、想像してみると、ぞっとしてきた。一見擬人化されているような彼らの姿から見えてくるのは、実にはっきりとした動物の姿だった。そこに私は近代的、分析的なポターさんの目を感じ、いの一番に産業革命を起こしたイギリスを感じた。

ニアソーリー村の姿は百年近くもたとうというのに見事に保たれている。保たれているというのは作りつづけられているということなのだろう。すごい、すごいとつぶやいていると、たった一つだけ、私の心にひっかかってくるものがあった。それは雨。この三日間、空はじぶじぶじぶじぶと切れの悪い雨を落としていた。イギリス旅行に雨はつきものとはいえうらめしいことだった。こんなしつこい雨、文句の一つもいいたい気分になる。

ニアソーリー村にあった、たった一つの「やあ　ソーリー」は雨だったなんて、私は思わずにやりと笑ってしまった。

サンパウロ・グアイアナーゼス通り

二十四歳の時、片道の船賃と二ヶ月分の生活費を持って渡ったブラジルの暮らしは、サンパウロのグアイアナーゼス通りから始まった。家賃が安い、ただそれだけでこの通りに住むことにしたのだった。同様、家賃が安いのが魅力的な人が住んでいる道ということだ。上品な人はこの通りの名をきいただけで眉《まゆ》をひそめた。

トランクを運び入れ、さて夕食のおかずにでもしようと、階下のハム屋さんに出掛けて行くと、店主のやせたおじいさんは私が差し出したお札をだまってつき返した。売ってやらないといってるらしい。なぜ？　理由をきこうにも言葉が通じない。こんな所にこれからどうやって暮らしたらいいのだろう。途方にくれた。

でも、人というのはありがたい。言葉が通じなくても、どこかに解り合えるものを持っている。むこうがにっこり笑いかけてくれれば、こちらの笑顔も多くなる。次第にグアイアナーゼス通りの様子がわかってきた。

通りをはさんで向きあっている食料品屋は、こっちがお兄さん、あっちが弟の店だった。少しは変化をつければいいのに、売っているものは同じ。仲の良い兄弟はしょっちゅう往き来していた。それと同じ位、ねずみも往き来していた。私が買うチーズをねずみがかじらないことを祈るばかりだ。洗たく屋のおばさんは日劇にでも出したいようないい声で、応対はすぐ歌いしゃべりになってしまう。すきやきにしようと、お肉を薄く切ってと頼むと、肉屋のおにいさんは「カルネ　コイタード」（そんなに薄くちゃ肉がかわいそう）と泣くまねをしながら、それでも薄くなるのは五ミリが限度。角のコーヒー屋は人の出入りがはげしい。通りかけて、ちょっと立ちどまって、コーヒーを一口放り入れる。そして出ていく。このコーヒー屋の床には昼間でも常時一人や二人酔っぱらいが座りこんでいた。でも店主はだまって時々そんな人たちにコーヒーを運んでやっていた。その前を靴底で石だたみの道を格好良く叩きながら、踊り歩きしていく人も、三分に一人は通っていく。夜になると、ぱたりと人通りが少なくなった道を、暗くなってから商売が始まる女の人がハイヒールの音をカッ、カッと両側の壁に響かせながら往ったり来たりする。時折顔が合うと、黒いほど赤くぬった口からたばこのけむりをはき出しながら、「おやすみ、おじょうちゃん」なんて、しゃがれた声でいった。あのハム屋のおじいさんは過酷なユダヤ人の歴史を背負っていて、よごれたお札は贋札《にせさつ》と見わけがつかないと受け取らないのだと後で知った。

本当にいろいろな人が住み、往き交う通りだった。どの人も、笑うのも、怒るのも、歌うのも、踊るのも、ちょっぴりむき出しで、でも不思議と心安まる調和があった。物語の中の人物を書いているとき、今でもグアイアナーゼス通りの人々の気持ちの流れが私の中を通っていくような気がする。

私はたまに日曜の朝、家人には内緒でふらりと出かけていく所がある。車に乗り、三時間ほど、行先は群馬県の大泉町《おおいずみまち》。ここにはブラジルから働きに来た人たちが沢山住んでいる。着くとまず入るのはブラジル人経営のカフェ。注文を取りに来た日系の女の子に、ちょっぴりきざに「カフェジンニョ」と叫ぶ。まわりに座っている人が「あれ」と顔をあげ、そのうちのだれかが「ブラジルが好きか」と話しかけてくる。三十五年前、グアイアナーゼス通りで私は一見して異国の人だったように、この日本の小さなカフェでも異国の人なのだった。それから下手なブラジル語を話す日本人と、下手な日本語を話すブラジル人の奇妙なおしゃべりが続く。そのあと、町をぶらつく。生ソーセージや、五十一という名前の五十一度あるというピンガというお酒を買ったり、最新のマンシェッテという週刊誌を立見したり。荷物が多ければ、ブラジルの男の人はこんなおばさんにもいきにドアを開けてくれ、重そうなら車まで運んでくれる。

それからおたのしみのレストランに入る。今日はおせんべいのように薄くのばしたカツにしようか。黒豆料理、フェイジョアーダにしようか。パンはブラジル独特のチーズパンにしよう。土地の人は滅多に行かないから何事もブラジル本国流、味もお客への応対も日本にあってもくずれていない。

帰りの車中は買ったり、もらったりしたサンバのテープをがんがん響かせる。リズムに合わせて車は踊りながら走る。そして私はとってもいい気分で帰宅するのだ。

「忙しい、忙しいっていっているのに、いったいどこへいってきたの」

娘がけわしい顔できく。

「ちょっと、そこまで」

私は目をそらせて答えて、それから心の中で自分につぶやく。

「三十五年前にいってきたんだもん」

ドナ・ルーチとトマトソース

もう半世紀ほど前、ブラジルのサンパウロの、下町で暮らしていた。下町といえば、レトロな風情を感じるかもしれないが、その地区はお金のない人が多く住み、治安もいいとは言えなかった。そこの九階建てアパートの六階に、二年間住んでいた。私の部屋の隣の隣がドナ・ルーチ一家の部屋、ルーチとその夫インドゥと息子ルイジンニョの三人家族だった。ルーチはその昔、そこそこ売れたサンバの歌手だったらしい。少しがらっとした、いい声をしていた。

「カンタ・シガーラ〜〜」（蟬は歌う〜〜）

この歌をよく口ずさんでいた。もちろん歌はこの後も続くのだけど、どうしても思い出せない。日本の演歌のような節回しで、夕暮れのように悲しい調べだった。

「あたしねえ、頭が良かったから、アメリカの人がねえ、学費を出すって言ってくれたのよ」

この話は彼女の十八番だった。でも実際は、読みも書きもできなかった。イタリア系らしく、大きな目と口を持った美人で、ものすごいおしゃべり、アメリカ学費のような嘘ばなしが、しょっちゅう混ざる。歌手だから声も大きく、息子を叱るときは、その声は窓から吹き出し、前の建物にぶつかって、二部屋離れた、私の窓に飛び込んできた。このルーチの作るトマトソースが絶品だった。その頃日本では、スパゲッティといえば、ケチャップで和《あ》えたようなものだったから、初めて味わったときは、ちょっとした驚きだった。

作り方は、いたってシンプル。まずトマト、もちろんのこと沢山。人参《にんじん》、これも沢山。玉ねぎ、セロリ、これも沢山。パセリもたっぷり。それを大なべに水を入れないで煮る。とろけるほど柔らかくなったら、取っ手をぐるぐる回す漉《こ》し器(ムーランというらしい)で漉す。あとは赤ワイン、オリーブオイルを、これまたたっぷりいれて煮詰め、黒胡椒《こしょう》、刻んだバジリコの葉を入れる(あーあ、エッセイが、レシピになっちゃった。味の思い出はしつっこい)。

グーグルアースで、サンパウロのアパートを探してみた。記憶の道を辿《たど》って進むと、あった！　私たちのアパート。六階のルーチの窓も見える。「あたしのは、最高なんだからね」としゃがれ声が響き、トマトソースの匂いがたちのぼってきた。ああ、もう一度食べたい！

「クーバリーブレ　クーバリーブレ」

一九五九年から二年暮らしたブラジルに、少々風変わりな女友だちがいた。たばこと強い酒のせいか、二十代にして、声が老婆のようにがさがさになっていた。

「あのねえ、エイコ、あたしの恋人だった男ね、ビルの四十三階から飛び降りて死んじゃったの。あたしをふってさ。自分を殺すだけならいいよ。でも下に止まっていた車に墜《お》ちて、乗ってた二人もいっしょに殺しちゃったんだよ」

「全くとんだ野郎だよ」

そばで美しい男の子の手をしっかりと握っている、あまり美しくない男がいった。

「あまったれやがって！」

もう一人の男がほえるようにいった。

男たちはブラックタイ、女はロングドレス、エイコはなぜかゆかたを着ていた。にぎやかなパーティのかえり道だった。場所はあまりにもぴったりんこの、リオ・

デ・ジャネイロ、コパカバーナの海岸。女二人と男三人、ふらーりふらーりと波打ち際を歩いていく。暗いなかから、波の音が聞こえてくる。夜明けが近づいていた。

「ふふふ『甘い生活』(ドルチェ・ビータ)みたいだ」

赤毛がたばこの煙を吹き出しながら言った。

「あの腐ったたばけものみたいな魚、ここにあればいうことないね」

あまり美しくない男がつぶやいた。

この二、三日前、おなじメンバーで、フェデリコ・フェリーニの『甘い生活』を見たばかりだった。

タッタッタッタ。

そばで砂を蹴飛《けと》ばしていたもう一人の男が突然はしりだした。どこで見つけたのか手に棒を持っている。

「おーっ」

うなりをあげてとびあがると、棒をふりあげて、ぼってりと湿ったリオの空気を切りさいた。

「ク、ロ、サ、ワーッ」

白い歯がのぞいて、にやりとエイコに笑いかける。

そのまま五人は少し明るくなりはじめた町の中に入っていった。隅に吹き寄せられたごみが溜《た》まった階段を上る。その一段一段の立ち上がりに、白いペンキが浮き上がる。

「クーバリーブレ」「クーバリーブレ」「キューバに自由を！」

この時、カリブ海の小さな島国は東西のはざまで震えていた。

女二人と、男三人は、サンバのようにリズムをつけ「キューバに自由を！」ととなえながら、開けたばかりのバールにはいっていく。

「クーバリーブレ、よろしく」

目の前にロシアのウオッカをアメリカのコカ・コーラで割ったカクテルがさしだされる。キューバの胸の鼓動のような小さな泡が震えながらコップのなかを昇っていく。

乱痴気しなくっちゃ。ずぶずぶと腐った魚になるのもいい……。そんなめちゃくちゃなふりをして、でもひとり、ひとりはこれからに向かって、必死で背伸びしていた。

それからしばらくして、エイコはおんぼろ車でヨーロッパを走り回っていた。一年後、赤毛は日本に帰ったエイコを訪ねて、貨物船でやってきた。そして三年後、「さよなら」も言わずにどこかにいってしまった。美しい男の子はその後俳優になり、美しくない男は親のあまーい懐の中で、大好きなマチスや、ピカソ、みんな本物に囲まれて、暮らし続けた。もう一人の男は絵描きになり、その絵はサンパウロ近代美術館の大階段の正面を飾っている。

私の一曲

はじめてサンバをきいたのは、一九五九年の晩秋、リオ・デ・ジャネイロのちいさな酒場だった。明日入港するサントス港で、日本から二ヶ月間の船旅をいっしょに過ごした仲間ともお別れになる。それで、誘い合って出かけたのだった。

二十人も入ればいっぱいになるような、小さな空間、たばこの煙のかすむなか、ひとりのカントーラ（歌手）が現れた。肌はマホガニー色、ふかい光りをたたえている。白人と黒人の混血の女の人、「ムラタ」だった。むき出しの肩から下へ、体にぴったりとはりつくようなドレスは純白。手には白いくちなしの花を持っていた。低いすんだ声が流れはじめた。力強い。でもどこか静かで、哀しみがあった。語尾をひっぱるような、独特なリズムを持つことばがくりかえされる。あれはどんな意味のことばなのだろう。

サンパウロでの暮らしがはじまって、まもなく私はそのことばと出会った。それは、フェリシダーデ（幸せ）、トリステーザ（哀しみ）、サウダーデ（なつかしさ）。ブラジル人が大好きで、よく口にする。そして生きる証《あかし》のように大事にしていることばたちだった。日常の会話はもちろん、ブラジルの音楽、「サンバ」にもよく出てくる。この三つのことばなしには、サンバの詩はなりたたないといえるかもしれない。

私の好きな曲に、『ア・フェリシダーデ』というのがある。アントニオ・カルロス・ジョビン作曲で、映画『黒いオルフェ』でも歌われている。

歌詞はこんなことばで、はじまる……。

かなしみに　おわりはない　でも　しあわせにはある
しあわせは　かぜにとぶ　はねのよう
かろやかに　とぶ　でも　いのちは　みじかい……

ブラジル人は陽気な人々だといわれている。カルナバル（カーニバル）は確かににぎやかだ。でも合間に鳴り響くすんだラッパの音に耳を傾けて欲しい。トリステーザが心に染みてくる。

私は、ジョアン・ジルベルトが歌う、『ア・フェリシダーデ』をよくきく。またしばしば口ずさむ。そしてそのたびにサンバが大好きだと、胸に手を置かずにはいられない。

ダーバンの人形

一九五九年秋、南アフリカのダーバンで、道端に店を広げていた黒人の青年から、ちいさな濃い紫色の木彫りの人形を買った。相当硬い木らしく、刀の跡が荒い。それから、六十年、年月がたつにつれ、光沢を増している。たまに手に取ると、アフリカの赤い大地で出会った人たちを思い出す。

当時南アフリカは人種隔離政策の真《ま》っ只中《ただなか》で、白人と有色人種の差別はぞっとするほど徹底していた。バスの席、公園の椅子、郵便局の窓口、いずれもはっきりと分かれ、作りも全く違う。その規則は必ずどこでも事細かく明記されていた。また、居住区も別で、メイドなどの仕事で、居住区以外の町で働いていても、夜には出なくてはならない。「日本人は白人と同じです」そうは言われても、やっぱり有色側に身をおきたくなる。

ある日、町なかを敬遠して、ズルー族の村を訪ねた。地平線近く、ゆらめく陽炎《かげろう》の中、頭に桶《おけ》を載せて女性数人が背を向け、ゆっくりと歩いていく。そこから高い調子の歌声が流れてきた。そのずっと手前の私が立っている所には、粗末な一枚の布を日よけ代わりにして、ほぼ裸の男たちが座り込んで、たばこを手に、呑気《のんき》にお茶を飲んでいた。やがて女たちの姿は地平線の彼方へ消えていったが、歌声だけは、細い絹の糸のように、途切れることなく聞こえてきた。「水を汲《く》みに行ったんだ」少し位の高そうな男がいった。「あの歌声がとまるのは、危険が起きたとき。そしたら俺たちは助けに飛び出すんだ」私はやっと美しい風景に出会えたと思った。

　黒人居留地の中に、大きな市場があった。群がる人の体臭、香辛料の強烈な匂いに気が遠くなりかかる。突然叫び声が上がり、黒人の女性ばかりが巨体を震わせ、握り拳《こぶし》を振り上げて、なだれ込んできた。密造酒を作った罪で投獄され、その日、釈放されたのだという。彼女らの勢いに呼応して、叫ぶ人たちの声も加わり、抗議のデモが始まった。やがて叫びは歌になり、激しい踊りへと変化していく。彼らの怒りの大きさに圧倒された。でも、これはほんのひとときの解放だった。人種隔離政策、アパルトヘイトが終わるのは、それから三十五年も後になる。

26歳、ブラジルからヨーロッパを車で回って
帰国する途中に立ち寄ったバルセロナで。
（著者提供）

第四章　なつかしい日々

おしいことをした

十代の頃から、新宿《しんじゅく》は特別な町だった。通学定期をわざわざ新宿経由に変え、途中下車してはぶらぶら歩いた。名画座、風月堂、ウィスタリア、そしていつも寄らずにはいられないのが紀伊國屋書店だった。靖国《やすくに》通りから曲がって、ペット屋さん、ブロマイド屋さんなどが並ぶ路地を抜けると、左に平屋の紀伊國屋喫茶室、正面に四角い木造二階建ての書店があった。大抵すぐ階段を上り洋書売り場に直行した。格好だけつけてページをめくると、洋書独特のなんとも言えないにおいがたちのぼってくる。すると少し素敵な女の子になったような気がしたものだった。

一九五七年（昭和三十二年）、こんな女の子がその紀伊國屋書店に入社することになったのだ。だからといって気持ちががらりと変わるはずもなく、場所も新宿だから、私は毎日遊びにいくような気持ちで通いはじめた。

二年前に発足していた出版部は、この年、本社の近くのビルの二階に移った。私の部署はこの出版部のなかの宣伝課、課長の小玉光雄《こだまみつお》さんと私の二人だけ。小玉さんは二科の会員で、当時新進の画家だった。その後出版された、コリン・ウィルソンの『アウトサイダー』や、ファン・デン・ボッシュの『われら不条理の子』などの表紙はすべて小玉さんが描いた。とても個性的で美しかった。装幀《そうてい》の他に宣伝課の仕事は売り場のディスプレイ、新聞広告の原稿、ちらしづくりなどいろいろ。

その中に、紀伊國屋書店のPR誌「アイ・フィール」の前身「机」の編集もあった。編集長は北園克衛《きたぞのかつえ》さん。とてもやせた方で、いつも重いカバンをさげ、黒いベレー帽に黒い上着か、黒いコート。そんな黒ずくめの姿は、二十二歳の私にはおじいさんの妖精という印象だった。知らなかったのは私だけで、だれもが一目おいている有名な詩人でもあり、前衛的なアーティストでもあった。週に一回か、二回、来社されては、二時間ほど仕事をして帰られた。

入社してまもなく、「大学でなにを勉強したの？」と北園さんに聞かれた。おとなは新入社員によくこういう質問をする。「まただ！」と、身をすくめながら、「英米文学」なんて、はずかしい答えをつぶやくと、「あっ、そう、いいですね」と笑顔をむけた。普通は、そのあとテストめいた質問が続くのに、それがなかった。この先生はちょっと違うと、そのとき思った。

机を接していた編集部に、ときどきフランスから分厚い封筒がとどく。何枚も重なる薄い便せんは、すみからすみまで小さな文字でびっしりと埋まっていた。私の記憶では、確かフランスに留学中の高階秀爾《たかしなしゅうじ》さんか、東野芳明《とうのよしあき》さんからの翻訳原稿だったと思う。それがつくと私も手伝って、一字一字原稿用紙に移し替えた。その頃、航空便は、今では想像もできないほど高価だったので、そんな送り方をしたのだった。

また編集部のお使いにもよく行かされた。ある日、中野好夫《なかのよしお》さんのお宅に校正を持って行くことになった。「あっ、『月と六ペンス』の先生だ！」モームが大好き、その中でもこの作品は特に好きだった。私はもう身内の気分、足取りも軽く飛んでいった。玄関で校正紙を渡すと、先生はやさしい声で、「ごくろうさん」といった。もう用事はおしまいなのだ。えーっ、これだけなのー。がっくりして帰ってきた。当時超売れっ子の先生が、初対面の、しかも新入社員の私とモーム談義などしてくれるわけもない。今思うと、まったくもう、何を考えていたのだろう。

紀伊國屋書店には当時も制服があった。暗い緑色で、幼稚園児みたいなスモック形。今とはだんちの野暮ったさ。いやで、いやで、私は勝手に着ないと決めてしまった。

「今、喫茶室に岡本太郎《おかもとたろう》さんが来てるよ」

だれかが部屋に入ってきていった。「えっ、ほんと！」こういうとき、浮き足立つのは私。その頃フランス帰りの岡本太郎さんは何かと話題の人だった。私は走って、ぱっと喫茶室に入ったものの、はたと困った。仕事中だし、一人でお茶を飲むわけにも行かない。そのままぐるっとまわって外にでてきた。それから嫌いな制服を急いで着ると、また入っていった。そしてさも仕事でだれかを探しているふりをして、じっくりうわさの岡本太郎を鑑賞した。当時はすらりと細身、でもまわりの空気は、ピキピキとはねて、やっぱり爆発しているようだった。

それからも私は制服を羽織っては喫茶室にでかけていった。そして他社の編集者と打ち合わせをしている、福田恆存《ふくだつねあり》さん、瀧口修造《たきぐちしゅうぞう》さん、西脇順三郎《にしわきじゅんざぶろう》さんなど、偉い先生方のお顔を拝見した。そこにはいつも特別な空気が充満していた。この紀伊國屋喫茶室が戦後の出版界に果たした役割は大きかったと思う。コーヒーもまた知的に美味《おい》しかった。

初任給は九千円。安いと、不満なんてとても言えない。毎日遊んでいたような気分だった。それにアフター・ファイブにも心さわぐことがらをあれこれ抱えていて、本当になんとふわふわと毎日を過ごしていたことか。しかも一年半でやめてしまうのだから、とんでもない社員だった。あの時、もっとしっかり見ていたら、あそこは宝の山だったに違いないのだ。おしいことをした。

集まっちゃった思い出

女が集まっておしゃべりをしていると、必ずといっていいほど、「ものを捨てる、捨てられない」という話題になる。大抵は、捨てられない派が多くて、私はとっても安心する。たまに捨てる派がいて、「一つ買ったら、一つ捨てるわ」なんていわれると、「偉いのね」と嫌味の一つもいいたくなる。

家を建てる時、デザイナーが提案してくれた。「いろいろとお集めのようですから、そのための棚を作りましょうか？」

「いいえ、この際、処分するつもりですから……」といった私の言葉は信用されず、棚はつけられた。場所があれば並べたくなる。でも、それではいけない。この際、いいものだけを残して、せっかくの棚を美しく使おう。箱を二つ用意して、「可」「否」と書いた。ものの運命を決めようというのだ。

でも、いいものってなに？　悪いものってなに？

ほとんどは、散歩や旅の途中で見つけたものだから、ポケットサイズの小さくて軽いものが多い。ペットボトルのキャラクターキャップ、機内食についていた塩、胡椒の入れ物、浜辺で拾った陶片、マッチ箱に入った積み木。そんなとるに足らないものばかりを、ひとつひとつ事務的に振り分けていく……。ところが、それぞれがそれなりの思い出を背負っているからやっかいだ。ついつい仕分けの手が止まってしまう。反対に心が動き出す。

卵みたいな形の石ころがある。なんだったっけ、これは……？　裏返して見たら、「大菩薩《ぼさつ》峠」と書いてあった。そうだ。小学生だった娘が学校の遠足で行った時の、私へのお土産。

骸骨《がいこつ》の人形もある。台の底についているボタンを押すと、体がくにゃんと動く、よくあるおもちゃ。これは、友だちのメキシコ土産。骸骨だらけのお祭りを見てきたそうだ。私も行きたい、絶対行きたいと思いつつ、時が過ぎてしまった。

かくして仕分けは成功しなかった。「否」に入ったのは、たった五点かそこら。「否」の理由は、思い出が思い出せなかったから。残りはすべて、新しくできた棚に並べていった。ありがたいことに、まあまあ余裕で並べることができた。

「これ以上は増やさない！」

私は固い決心をした……はずなのに、あれから十数年。ものたちは遠慮しいしい増えていき、もはや限界状態。

「ちょっときゅうくつだけど、仲良く詰め合ってね」と私はものたちに語りかけている。

ここに住みたい

どんな所に住みたいかときかれたら、まず高い所といいたい。

それもエレベーターで昇る所ではなく、丘の上とか、崖《がけ》の上とか。自由にいわせてもらえれば、港の見える丘に住みたい。横浜でなくてもいい。港があって、橋がかかっていて、一日に何そうかの船の出入りがあるところ。港にむかって大きな窓があり、そこから大航海時代のベニスの船主のように筒型の望遠鏡で船の出入りを見ていたい。ついでに一日二回お日さまの出入りも見ていたい。そのときはやっぱり背の高い一人用のソファにすわりたい。余談だけど、そういうソファを「パパの椅子」(ポルトローナ・デ・パパイ)とブラジルでは呼ぶ。私はパパではないけど、なぜかパパ的なものが好きで困る。

一年ほど前から、ちょびっとだけど高い所に住んでいる。坂の途中にあって、目の前が開けている。そこに住むことになったとき、二階の道に面した所にベッドを置こうと心にきめた。本来なら、ベッドは北側の静かな部屋に置くべきなのだ。でも私はどうしてもベッドの上から夕やけが見たかった。ここならかろうじてそれができそうに思えたのだ。私のもくろみは大成功。大満足している。

仕事につかれた夕方のひととき、ごろっと横になり空を見あげる。もしお天気なら空は時々刻々、色を変える。オレンジからピンクに、それから更にショッキングピンクに、家並や木立は黒く浮かびあがってくる。烏《からす》がやけに烏っぽく、カアカアとはっきり鳴いている。そして夕やけはポカンと口をあけて見つめる私の前で突然終わる。するると、空の一点にチカリと光りだすものがある。宵の明星である。金星だ。「オッス」とか「ワオ」とかこの小さな星は声を発している。毎夕必ず待っている私に礼儀をつくしてくれるのだ。

やがて空は全く暗くなり、遠く中野サンプラザあたりから赤いランプが目に入ってくる。これはネオンとはいわないのかもしれない。でもあるリズムを持ってついたり、きえたりする。そこに私は力を感じる。弱虫の私の胸にあわせるように一緒に鼓動を打って励ましてくれる。こっちの心に沿って言葉をかけてくれるものはいたる所にあるのだと思う。

坂の途中の家から、もう少し坂をのぼって、丘のてっぺんに駐車場がある。自動車がいちばんいい所に住んでいるというのは、どう考えても不公平だ。でも駐車場だから入ることもできるというものだ。そこに時々立つ。すると町並の中に三ヶ所小さな森が見える。いずれも神社、お寺の境内である。

その一つに明治寺というお寺がある。普通は百観音という名で知られている。私の家からは低い所を流れる川をへだて反対側の丘の上にある。けやきの木が空をくすぐるように枝をのばしている。引越して間もなく、迷いこんだ車も入らないような細い道のそばにこのお寺を見つけたときは心がふるえた。突然昔が現れた、そんな感じだった。さして大きくない境内に、石の観音さまが恐らく百体以上、点在している。観音さまが自分から好きな場所を選んだように、どれもなかなかぴったりな場所にいらっしゃる。岩山の上だったり、通り道のすぐわきだったり。朝には所々にお花が供えられ、お線香の香りがただよう。

七月の終わり近くのある夕方、お祭りがある。お祭りといってもタコヤキ屋さんの屋台が遠慮がちに一台出るきり、タイコも盆踊りもない。夕涼みがてら人が集まってくる。入り口でローソクを売っている。それを買って、自分のお気に入りの観音さまに捧《ささ》げるだけなのだ。境内は明かりを抑えてある。幾百というローソクのゆらめきの中で観音さまたちはほほえんでいる。こんなお祭りがまだあった。

みどりの器たち

スウェーデンの童話作家にマリア・グリーペという人がいる。

彼女の作品の一つに、『忘れ川をこえた子どもたち』というのがあって、主人公の父親は貧しいガラス職人。小さな息子は毎日、小さな仕事小屋に出掛けていっては、父親が長い管の先から吹き出すガラスの玉をじっと見つめている。うっとりと、あきもせず、いったい何を見つめているのだろう。ガラス玉を通して遠い遠い何かを見ているのに、息子はそのことをいい表すことはできない。でも父親はこんな風につぶやくのだ。

「おれたちがみているのは美、そのものなんだ」

この本を読むたびに、暗い仕事小屋の中で、夕日のように赤く燃えながらふくらむガラスの玉を私は心に浮かべている。それは人が器にこめる想い、いや、その人の命とも言えるかがやきなのではないかと思ったりする。

北欧を旅していると、美しいガラスの器に沢山出会う。冬の間、周囲をうずめつくしている氷をカチンと割って、戸棚にしまって、春まで待てば、ガラスの器になっているのではないかと思うほど、あの風土によく似合っているように思えた。

若いときブラジルで仲よくなった友だちが、濃いみどり色のクリスタルガラスの食器を持っていた。スープ皿から、コーヒーカップ、水差し、ワイングラスまで、全部この色のガラスで、彼女は食器といえばこれしか持っていなかった。白い棚にそれはステンドグラスのように並んでいた。いつも真っ赤なナフキンと一緒にテーブルに並べ、それは一人で食事をするときも、友人を呼ぶときも、パーティをするときも変わらなかった。このみどり色は燃えるような赤毛の彼女にとてもよく似合っていた。戦後十数年たっていたとはいえ、まだまだ貧しかった日本からいった若い私にはそんな暮らしがとても素敵に見えた。また、総て一色で通す彼女のやり方に強く引かれるところがあった。一人の女の意志を感じた。

彼女はサンパウロの一流広告代理店のコピーライターをしていたので、友だちも実にさまざま、絵かき、詩人、自動車のディーラー、ホテル王の息子、女優、ダンサー、後にカンヌの映画祭でグランプリをとる監督、それになんだかわからない美男・美女。それぞれが皆いっぱい趣向をこらした話の種をポケットに入れ、これまためいっぱいのおしゃれをして、土曜の夜は彼女の居間に集まってくる。そして、夜の明けるまで、おしゃべりや踊りで過ごしたものだった。そのときに使われるのもこのみどりのガラスの器だった。美しい女の人がちょっと斜めに立って、長いドレスを床にたらんとたらして、この食器を手にしていると、全体がガラスでできた彫刻のように見えたものだ。この器は不思議に人を変身させる術を秘めているようにさえ思えた。

お酒と香水、おしゃべりと笑い声。その間をやっぱり濃いみどりの食器は蝶のようにぬって歩く。所々に立てられたローソクの火は濃い色のガラスを通って、水そうに泳ぐ魚のような影をほうぼうに散らしている。

長いドレスも、長い美しい体も持たない私は、大人の集まりにしのび込んだ、いたずらっ子風に自分を仕立て、なるべく目立たない隅からじっとはなやかな集いを眺めていた。

ところが普通の日になると、器の表情も一変する。テーブルのはじにはタイプライターが置かれ、紙やめがねが散らばっている中で、みどりの器は素朴な葉っぱのお皿の顔になる。

ランチタイムに、いそいで仕事場から帰ってくると、彼女は大きなフランスパンに、ガサリと切り目を入れ、ありものを挟んで、温かいサンドイッチをつくる。そして、無雑作にみどりのお皿にのせるのだ。そして、これまたみどりのカップに入れたコーヒーをすすり、遠足のときのお弁当のようにかじりつく。昼と夜、両方によく呼ばれた私にはちょっと戸惑う器の変わりようだった。

私が帰国して一年後、彼女は日本にやってきた。当分、この国で暮らしてみたい、というのだ。

「あたし、アパートも何もかも売りはらってきたのよ」と、彼女がさばさばとした顔でいったとき、私はとびつくようにきいてしまった。

「あのみどりの食器も？」

「ええ、みんなよ」

「だれに？」

彼女はあきれて私の顔を見つめた。

「エイコ、だれだかわかったら、いったいあんた、どうするつもり？」

そういわれて、私ははっとした。と同時に、私にとって大切なある時期がもう終わったのだということをはっきりと知らされたような気がした。

それから日本にいた三年間、彼女は自分では一つも食器を買わなかった。私の家から自分の分だけ、一枚のお皿、お茶わん、コーヒーカップを持っていってすましていた。そしてもう決してパーティをしようなんて口にしなかった。

たたみの上にすわり、危なっかしいおはしの使い方をしながら、カツ丼を食べるのが一番幸せなんて口にしたりもした。時々、私がサンパウロでの楽しかったことを口にすると、「子どもっぽかったね、あたしたち」と笑うのだった。

今どこにどうしているのか私は知らない。今はどんな器と暮らしているのか、私は時々想像してみたりする。

青空におちたい

飛ぶ魔女を書いているけど、飛ぶことに特別な気持ちがあるのかとよくきかれる。地上を歩いている人なら、一度は飛んでみたいと誰しも思うことだろう。そのときどんな気分がするだろうか……とできないことをできると思って想像するのはたのしいし、何か力が与えられる。

飛ぶことには思い出がある。小さな子どものとき一人ふけった遊びだった。それは空を飛ぶのではなく、空におちるというものだった。お天気のいい日、庭の芝生に仰《あお》向《む》けに寝て、空にこれからおちていくのだと思いこむ。そのとき空には水滴が無数にとび、青くても底の底が黒く見え、そこに何かをかくしているように見えた。

「さあ、おちましょう」

自分で自分に号令をして、おちる、おちる、ぐんぐん。このとき地上にあった心を空の中に移す。とても気持ちよく、またスリルもあった。変な遊びだな、と思うけど、妙にたのしんでいた。

私が外国人と呼ばれる人に生まれて初めて会ったのは戦争が始まろうとしていた年の夏だった。千葉は房州、興津の浜辺、私は六歳、むこうは二十歳位。モンゴルの青年、オルガランさんといった。名前のひびきが面白く私は一度で憶えた。一緒に泳いだのかどうか記憶にない。

夏も終わり、帰京した私は祖母に連れられ姉と水道橋《すいどうばし》にあった留学生会館にオルガランさんを訪ねた。浜辺で出会っただけの異国の人をどうしてわざわざ訪ねたのか……きっと思い込んだらなんとやらの私がしつこく連れてってとねだったのだろう。その人の部屋はエレベーターに乗るほど高い所にあった。デパートならいざしらずエレベーターのむこうに家があるなんて、それだけで当時の私には充分異国だった。

オルガランさんは私をひざにのせ、写真を見せてくれた。一枚だけはっきりと憶えている。大草原の真ん中に、まるい屋根の家があった。モンゴルのパオと呼ばれる家であると今は知っている。その家の前に、長い服をきて、帽子をかぶった人たちが、男女まざって並んでいた。オルガランさんの家と家族だった。「おばあさん」「おとうさん」「おかあさん」「おねえさん」と指さしておしえてもらい、私は心の底からこの家族にあこがれを持った。

話はどう進んでいったのか、全く忘れてしまったが、私の興味を強く引いたのは、オルガランさんのベッドにのっていたふとんだった。真っ黒な光ったしゅすの地に小さな野の花が一面に刺しゅうしてあった。夜空に散っている花の星とでもいったらいいだろうか、それは美しいふとんだった。私が見たふとんの中で一番美しいふとんだと、今でも思う。おねえさんがつくってくれたんだよ、とオルガランさんは写真の中の女の人を指さした。

そのあとオルガランさんは中国料理をご馳走してくれた。細い路地の細い階段を上ったところの小さな食堂で、中は湯気に煙り、強烈なにおいでいっぱいだった。私はにおいに酔って食べられず、ふかしパンだけつまんだ記憶がある。

時々私は家の庭の芝生に仰向けに寝て、空を見ながら、空におちていくんだという遊びをした。オルガランさんに会ってからは寝転ぶ芝生はモンゴルの草原に変わった。あの広いはらっぱから、青い空におちていく。両手を拡げて、風をうしろに流しながら、一直線におちていく。そのときいつもオルガランさんのことを考えた。あんな広いはらっぱを持っているんだもの、この遊びの楽しさを知らないはずがない。そのときはきっとオルガランさんはオルガンを弾きながらおちていくにちがいない。そんなイメージを持った。妙な連想だけれども……。

これが初めて、私のまなこに開いた外国への窓だった。青い空の底の底のそのむこうにある世界、そこに心がとびこんでいく。ものがたりの始まり、はじまり。

いいわ、ちょびっとなら

犬を飼っている。いや、犬と一緒に暮らしている。ムムという名前をつけた。夢々と書く。こんな名前をつけてしまったせいだろうか、実によく寝る犬になってしまった。それもちゃんと枕を欲しがる。

生後三週間で親元をはなれ、我家の住人になったとき、厳しくしつけようと固い決心をしたはずだった。旦那と犬は初めが肝心と、動物好きの友人にいわれていたから。でも、こぼれそうな大きな目で誘うように見つめられると、肝心なことは一つとして頭に浮かんでこない。

ビスケット？　いいわ、ちょびっとなら。

同じベッド？　いいわ、はじっこなら。

ところがこのちょびっとは、すぐどっさりに変わってしまう。

さて寝るか、ところがベッドに入ったとたん、今までソファで寝そべっていたムムはこっちも本格的に寝直すかとばかり、ベッドにとびのってくる。そして枕の上の私の頭にどけという。

枕？　いいわ、はじっこなら、ちょびっとね。

当然のごとく、ちょびっとはどっさりになる。はじっこはまんなかになり、私の頭ははじっこになる。そして、ゴーゴー、ガーガーと高いびき。ときどきぐちっぽい寝言もまじる。ときどき悲鳴に近いなき声もまじる。ムムのねむりの世界はとてもドラマチックのようだ。

ねえ、ムム。枕のまんなか譲ったんだから、あんたの夢のはじっこ見せてよ。

石の星座

波は浜辺にいろいろな物を運んでくる。古い陶器のかけらや、ガラスの破片、大小の石。どれも長い時間、波にもまれて、角がまるくなり、美しい色に変化している。拾っては、浜辺の散歩のお土産に、ポケットに入れる。

そんななかに不思議な石を見つけることがある。案外軽く、色は平凡な灰色。でも、なにかの卵かと思うほど、かわいい形をしている。手のなかにすっぽりと入って、水から上がったと思えないほど、ほんのりとあたたかい。よく見ると、ちいさな穴があいている。直径三ミリぐらいの穴でまん丸のまん丸、歪《ゆが》んでいない。深さは、覗いても底が見えない。それが一つの石に三つあいているのもあれば、七つ、十三というように数が決まっていない。こっちに四つあれば、離れて二つあるというように、並び方にも決まりがない。その造形が実に美しい。ぽつん、ぽつんとまるで星座のようだ。どうしてこんな石が海辺にあるのかと、心が騒ぐ。

「それはね、虫、虫ですよ」と、知人がいった。どんな虫だろう。石に穴をあけるそんな強靭《きょうじん》な力を持った虫がいるのだろうか。

「貝、貝ですよ。石を食べるんです」またほかの人がいう。なら、どんな貝だろう。石をがっち、がっちと食べるのかしら。そばにもっと食べやすく、消化もよさそうな砂がいくらでもあるのに。私はどうしても、そんな風に作られた物と思いたくなくて、あまり馴染みのないネットで調べてみることにした。

「海、石、穴」。思いつくまま、こんな言葉を並べてみる。検索できるわけないと思ったら、それが意外にも出てきてしまった。いろいろ画像も見られた。石に穴をあける虫もいるらしい。貝もいるらしい。行儀悪く食べかけの写真もあった。その穴は吹くと、笛のようにきれいな音を出すものもあるという。穴は貫通してるものが多く、しかも大きい。石も、穴の形も不ぞろいだ。見る限り、私の石のような愛らしさはない。

ほれご覧！　これは星座なんです。空に星座があるごとく、海にも星座があるのです。今度、沢山拾ってきて、友だちにあげよう。

「海に沈んでいたあなたの星座よ。ポケットに入れてね」

なわて

引越し荷物といっしょに、鎌倉《かまくら》についたとき、空気が違うと思った。ちょっと重みのある空気なのだ。するりっと胸に入って、ゆったりとしみていく。そして空から降ってくるようにとんびの声が聞こえてきた。だれかが私に口笛を吹いているようだった。

あっ、違ったところにきたみたい。旅の途中にいるみたい。それからずっと旅をしている気持ちで、この街のあちこちをのぞいている。

夏目《なつめ》漱石《そうせき》の『こころ』に、鎌倉の道のことが書かれている。

「ハイカラなものには長い畷《なわて》を一つ越さなければ手が届かなかった」

京都の街を車で走っていたとき、「縄手」という道路標識を見た。あっ、ここにもあった！ やっぱり、京都だもの、不思議な道があるに違いない。「縄手」。くねくねとつづく、細長い道が目にうかんでくる。でもなぜ手なのだろう。私は細い道の先は手で、さらに細い指がまさぐりながらどこかに続いているような気がした。

ある時、この縄手のことを話したら、京都出身の人から訂正が入った。「縄手」とは、昔、罪人が手を縄で縛られて刑場に連れられて行った、そんな道のことを言うのですよ。ふーんそうなのか……京都の縄手はそういうところだったのか。でも私は縄の先に手がついている、どこに通じているかわからない道だと思っていたい。その方が何か現れそうで、心が騒ぐ、ミステリー。

鎌倉にはこの縄手が今でもところどころにある。人と人がやっとすれ違うほどの細い道を縫うように歩くのは、いつもちょっぴり怖い。突然塀に突き当たったり、草ぼうぼうの無人の館に迷い込んだりする。風もこの道なりに吹き通る。風も縄手の形になるのだ。

驚くほど細い道もある。人の肩幅よりちょっと広め。こういう道では、むこうから人が来たら、体の向きを変え、山道を歩いているように挨拶をしないわけにはいかない。東京ではこんなこと滅多にないから、はじめは一拍おかないと声がでてこなかった。足元は砂利まじりの土、雨がふると、みずたまりができる。子どものころに置いてきた、懐かしい逆さまの景色を見せてくれる。

シャギリ　シャギリ　シャギリ。

奇妙な音が道の先から聞こえてきた。思わず立ち止まり、身がまえる。ものすごいスピードで三輪車が走ってくる。半ズボンの小さな男の子が前をみつめて、ペダルをこいでいる。あわてて背中を塀に押しつけ、つま先だって避ける。男の子は速度をゆるめもしないで走り抜けると、四、五メートル進んで、きゅっと止まった。それから横を向くと、鋭い声で叫んだ。

「いぬ！　いぬ！　いぬ！」

それだけいうと、またシャギリ　シャギリ　ペダルをふんで、道の先の方に消えていった。その姿はふいっと現れた小鬼のようだった。私は男の子が叫んだところに戻って、横丁をのぞいた。すると呼び捨てにされたというのに、大きな茶色い犬がおなかを静かに動かして寝ていた。

縄手はやっぱりどこか不思議な方へのびている。

細い道を歩いていると、ちいさな生きものに目がいく。両側の塀からのびてる木の枝にかけて道いっぱいに蜘蛛《くも》の巣がかかってる。それも一定の間隔を置いて、何枚もかかっている。そっちではずしたらこっち、用意おさおさ怠りない共同戦線。どこからか闘いの低い太鼓の音が響いてくるようだ。足もとの草がちいさく動く。トカゲと目が合う。なんと美しい姿をしているのだろう。ちょっとなぜさせて。でもむこうはいやらしい、するりと草陰にきえる。この夏はコンクリートの塀にしがみついてる蝉の抜け殻を幾つも拾ってきた。窓辺にずらりと並べると、宇宙のどこかでこんな乗り物に乗っている人がいるのではと思える。この土地はいつも音が響いている。ちいさな生きものの呼吸が集まって、空気を動かしているからだろうか。ここで何かを見つけるいい目をもらった。

細い道を抜けると、ぽっとお店通りにでたりする。海からの風のせいか、砂地のせいか、白い紗《しゃ》がかかったようなウィンドウのお店が静かに並ぶ。なにがなんでもお客をゲットという気配はあまりないから、気楽に入れる。骨董《こっとう》やさんが多い。格式の高そうなお店は遠慮して、私はごたごたいろいろなものが置いてあるお店が楽しい。おくのおくにちらりっとのぞいているものほど手にとって見たくなる。ひっくり返しひっくり返ししていると、不思議と気分が晴れてくる。きっと並んでいる品、それぞれが自分の物語をもっているからではないか。それをもっと聞きたくなったら、私はつい買ってしまう。

海への近道かもしれない、と私はうきうきとちいさな道にはいっていった。両側の家がとてもちかい。ここでは古いつくりの家ほど松の木が多い。ふと気がつくと、縁側からじっと私を見ている人がいる。私は歩きつづける。ところが道は突然行き止まりになり、板の塀がぴったりと行き先をふさいでいる。ふーんと鼻を鳴らして、私は戻りはじめる。するとさっき縁側から見ていた人がまだそこにいて、私を見てにやりと笑った。ふふふ、きっと戻ってくるぞと面白がっていたのだ。でも私だって、ふふふというちうれしい気持ち。行き止まりのむこうの見えない世界が贈り物のように私のなかで広がっていく。

縄手が終わり、パーッと海が広がった。

座ってじっと水平線を見る。昔、三つの大海を渡って、ブラジルに行ったときのことを思う。この海はそこに続いている。そして今ここに座っている私もそこに続いている。

お日様が沈みはじめた。あのむこうでは朝が始まろうとしているのだ。

年越しの海

「魔女」の物語を書いたので、一時、彼女たちについて調べたことがあった。すると、昔話にも研究書にも、魔女と森の関係を書いたものが多い。『ヘンゼルとグレーテル』も、森に迷って魔女のお菓子の家に引き寄せられるし、『眠れる森の美女』も、魔女の魔法によって森で眠り続けることになる。東京の下町生まれの私は、川や海に多少の縁はあっても、森は遠いところだった。魔女の見た風景を味わってみたいと、単純な私は、山の麓の森の中に仕事場を持った。でも、三年と持たなかった。森では、夜は全くの闇になる。とっても物語めいた空間のはずなのに、想像力は次第に恐怖にかわっていった。回り回って今は、海の近くに住んでいる。

去年の大晦日は実に穏やかな一日だった。空気も爽《さわ》やかで、暖かく、風もない。正月の支度も一段落。三時のお茶にほっと息をついて、窓から外を眺めていたら、「ありがたい」という気持ちが、突然飛び出してきた。年末になると必ず顔を出す「いろいろな悔い」は、どこかに隠れてしまっている。不思議なほど澄んでいる空のおかげかもしれない。海に行こう。そこはどこよりも感謝の気持ちを伝えたい場所に思えた。ありがたいことに、家から十分も歩けば浜に出られる。

買い物袋を下げた人をよけながら、通りを渡り、角をまがって、狭い道を歩いていく。だんだんと大きくなる波の音を胸で受けて、浜辺におりていった。運動不足の弱った足が砂にとられるのを気にしながら、下を向いて歩く。

水辺に近づくと、少し湿った砂の上に足跡が無数についていた。靴跡、スニーカーの跡、波形あり、渦巻きあり、横線、縦線が強く重なりあって、くっきりと形を残し、不思議な表情を見せている。それが意外にも、美しい。裸足の赤ちゃんが、子犬を追って、よちよちと横切っていく。豆のような足指の跡と子犬の足跡が加わった。少し離れたところで、赤ちゃんのパパとママが笑っていた。波の音が心地よい。寄せてくるたびに音が微妙に変わり、形も一つとして同じものはない。そして私の足元に寄せる波も、泡になり、じぶじぶと音を立てて消えていく。じぶじぶ、じぶじぶ――。

日がだいぶ西に傾いてきた。男の子がひとり、海を背にして砂山を作っていた。砂を少し湿らせて、手のひらでかためながら、黙々と積みあげる。だんだん形になっていく。それは水平線の向こうに霞んで見える、大島《おおしま》のかたちに似ていた。寄せる波は次第に勢いを増し、男の子の砂山を少しずつ掠《かす》めとっては逃げていく。「だめ、だめ！」と、男の子は叫び、足をふんばり、手を広げて、砂山を守ろうとしていた。でも、みるみる山は形をなくしていった。

私にも同じことがあった。四つか五つの頃、夏になると家族で過ごした千葉の海で、朝から姉と砂のお城を作っていた。絵本で見た西洋のお城を作ろう、三階建てで、かわいいお姫様が住むお城を――。二人はそう決めていた。砂を固く握っては、くずれないように細心の注意を払って積んでいく。「それでね、お姫様が覗ける窓もつけよう」こうしよう、ああしようと、私たちは夢中になった。積みあげ、窓らしきものをつけ、塔の上には旗のかわりに拾ってきた棒を立てて、完成！　もう嬉しくて、まわりを飛び跳ねる。やがて日は傾き、波の音が大きくなってきた。そして、波は息を殺してしのびよっては、私たちのお城を少しずつ舐《な》めるように崩していった。「だめ！やめて！」でも、波はやめない。二人で両手、両足をふんばっても、城を抱え込んでも、すき間から波は入り込んで、お城を奪っていく。すっかり形がなくなるまで、あっという間だった。私と姉は波打ち際まで追いかけていく。あんなに一生懸命作った

のに、あんなに立派なお城だったのに……。「ひどい！」と大泣きした。「波の××
×！」と悪い言葉で罵《ののし》った。
「もう、帰ろう」父が私を抱え、姉の手を引いた。二人の泣き声は一向に止まらない。思い余ったのか、父がいった。「あの、お城はね、波と一緒に、とおーい向こうのとおーい海に行ってね、どこかの浜で、またお城になってるよ。心配ない」「それ、どこ？」「さあ、どこだろうね」そのとき、波がじぶじぶと消える音が耳に強く響いてきた。それは、お城が行ってしまった遠い向こうの海から、誰かが話しかけている声に違いない。私は波打ち際に腹ばいになり、しつっこく耳を近づけた。
数日の滞在後、来年も来るからと、ビーチパラソルや浮き輪を、千葉の漁師さんの家に置いたまま、この海に二度と行くことはなかった。戦争が始まったのだ。

それから、二十数年後、私は喜望峰回りの南米行きの船に乗っていた。港に着くたび、遠く島を眺めるたびに思った。あの砂のお城がたどり着いたのは、ここかもしれないと――。
浜辺に、大晦日の夜が静かに近づいていた。とっくに日は沈み、もう男の子の姿もない。私はしゃがみこみ、じぶじぶいう泡の音に耳を傾けながら、そっと両手を合わせた。そして、明日、元日もここに来ようと思った。

元日の朝の海は、奇跡のように静かだった。人影もまばら。みんな、初詣の神社に行ってしまったのだろう。浜辺を歩く。前日にあんなにたくさんあった靴跡は、すっかり波に消されていた。海もまっさらな新年を迎えていた。

たった一つ、浜辺に「今年もよろしく」と棒で引いたような文字があった。

24歳、アパートの隣に住むルイジンニョ少年の母、
ドナ・ルーチと。
（著者提供）

第五章　本とことば

いろはに　ほほほ

「あーんって、口をあけて」

そういって、父は白菜の漬け物でごはんをくるんとくるんで、口にいれてくれた。おいしい。自分で作るのとどうして、こうも味が違うのだろう。

「口という字はね、口をあーんってあけた形をしているんだ」

学校にいきかけたころ、父はこうもいった。この時、白菜巻きの特別なおいしさが解ったような気がした。そして口という字が、私の白菜巻きの風景になった。

そんなこともあって、文字の形が気になる。


二度目にブラジルに行った時、かつての友人、ウェズレイ・デューク・リーに「峰」というたばこをお土産に持っていった。お互い若かった時、彼はまだ無名で、棒を振り上げては、「サムライ」の真似をして、暴れていた。それがこの二十年の間に、驚くほど有名になって、サンパウロの近代美術館に作品が展示されるほどになっていた。たばこの箱には、墨色で「峰」と書かれていた。

絵描きの彼はそのパッケージがとても気にいって、私は文字の説明をすることになった。

「普通、やまは『山』という字を書くのだけど、絵にするとこんな感じのうねうねとした山なのね。でも峰は同じ山でも、険しくとんがっている山をいうの。ほら字を見ただけでもわかるでしょ」

私は鉛筆で絵を描いてみせた。すると、彼はため息をつくようにいった。

「きみたちは言葉の中に絵を持ってるんだね」

「そうなの、日本語はね、形を持ってるのよ。絵みたいに」

私は「木」と一文字書いて、「これは木の総称でね、この文字を二つ並べて書くと『林』になって、その上にもう一つ乗せると、『森』になるのよ」と見せた。彼は感嘆して「すごいね」といった。そこで私は、いい気になってもう一言加えた。「忙しいという言葉はね『心を亡《ほろ》ぼす』って書くのよ。これ、リアルでしょ」

彼は感心したように一息つくと、「こんな素晴らしい言葉を持ってるのに、日本人は忙しく働くんだね」と笑った。

そこで思い出したのが、まだ就学前、父がよく口にしていた「いろはにほへと……」だった。体をゆっくり揺らして節をつけて歌う。なんだかわからなかったけど、耳にずっと残り、「ちりぬるを」とか、「おくやまけふこえて」とかを口にすると、葉っぱが散る様子や、遠くの山など、しずかな景色が見えるような気がしていた。

その後、一年生になって、習ったのが「あいうえお」だった。いくら読んでも、音は面白いけど、絵を想像できない。いろはの方がいいのにと思った。今でもそう思っている。


戦中の子どもだったから、甘いものと言えば、お芋の干したもの、ごくたまの贅沢《ぜいたく》は小豆を煮て、ちょびっとお砂糖を入れたもの。煮ると言っても、煮汁の中にお豆が浮いている、そんなものだった。でも、これがおいしい。口の中で、豆を感じるのが楽しかった。それで、今でも、小豆を煮る。それも一度に沢山。冷蔵庫に入れて、蜂《はち》蜜《みつ》をかけたり、ちょびっとお塩だけっていうのを楽しんでいる。

時々、私は「練り切り」と呼んでいる上等なお菓子を買って帰る。家の近くには季節限定のお菓子を売る店がある。あじさいだったり、椿だったり、紅葉が散っていたり。それが美しい。しばし楊子《ようじ》を入れるのをためらってしまう。眺めながら、ああ、これは「いろはにほへと」だって思う。小皿にのった一つの甘いもの。その向こうにその時々の美しい風景が見えるのだ。今はもう遠くに行ってしまったデュークに自慢したくなる。

「ほら、これも日本語よ」

シンブン　カンブン

昔は、おもしろいことばがたくさんあったような気がする。などというと、またまた、おとなたちの昔なつかしの思い出話だ、とうんざりされそうだけれども。……でも、やっぱりあったなと思ってしまう。

私の父は東京生まれ。東京下町弁とでもいうのだろうか。とても歯ぎれのいいことばを話した。

例えば、「チンプンカンプン」ということばがあるけど、朝、門から新聞を持ってきてほしいと、父は子どもたちに、「シンブン　カンブン　ネコのクチョ」とかいった。「ちんぷんかんぷん」を「しんぶんかんぶん」にもじって、そこになぜか「猫の糞《くそ》」をつける。「しょうがない、取ってくるか」と、子どもの誰かが腰をあげる。このおかしな言葉につい乗せられてしまうのだ。

また、父はあまり意味のないはやしことばを日常の会話のなかにふんだんに入れて、おどけてみせたりした。

「そんな子か　そんな子か　そんな子か　ホイ」

これも子どもへのはやしことば。

「テンツクツ　テンツクテンツク　テンテンツクツ」

唱えながら、おどけて廊下を歩いたりした。

また、折り紙を折ってくれるとき、一筋折っては、「きちょーめん」、一筋折っては、「きちょーめん」といった。私は今でも鶴を折るとき、このことばを口ずさんでしまう。それにしても、この「きちょうめん」ということば、この頃、あまりきかなくなったなと思う。

私は子どもの頃、几帳面《きちようめん》に何かができたといわれるのは、最高のほめことばと思っていた。何でも点数か、上、中、下、とかで評価されるのは、なんだかやさしさがないようで、つまらない。

気持ちのいいことばというのは、それが耳に入ってくると、ぴっぴっぴっと身体のなかを伝わっていって、これからしようと思っていることに、美しいリズムを与えてくれるような気がする。

今はだれもが時間がなくて、用件を簡単明瞭《めいりよう》にいうとか、ときには省略されたことばが流行語になったりするけれども、ま、ちょっと無駄でも、意味がなくても何か面白いことばや、リズムのあることばをもっとききたい。

二年ほど、ブラジルで暮らしていた時、私は本当に少ないことばしか知らなかった。頭に浮かんだ日本語を、いかに自分が持っているブラジル語で表現するか。毎日がその作業の連続だった。まず口にしたい日本語を解体して、ことばを絵のように思い描くと、自分がいいたいことが、見えてくる。すると簡単なことばでも案外伝わるものなのだ。その人の伝えたいという気持ちが、絵の持つ形に助けられ、リズムのあることばになって動き出す。その時助けてくれるのは、子どもの頃から体に染み込んでいる、ことばのリズム。その力はとても大きく、万国共通語といえる。これは私の実感だった。

若い日の私

若い日というのはいつのことをいうのだろうか。何かの始まりを予感させる時をいうのだとしたら、私の若い日はだいぶ遅れてやってきた。

「君、ブラジルにいったことあるんだから、ブラジルの子どものこと書いてみないかね」

すでに学校を出て十年、その間に二年間のブラジル暮らしがあったとはいえ、小さな子を抱えた平凡な主婦であった私に、大学時代の恩師、龍口直太《なおた》郎《ろう》先生から突然こんな電話がかかってきた。「書くって？　本……ですかあ、私が、ですかあ」こんなトンチンカンな答えをしたのを憶えている。絵を見るのが好きだった。落書き程度だったら描くのもたのしかった。大学では多少の英語も学んだので、かわいい外国の絵本の翻訳でもしたい、と夢みたいなことを考えたこともあった。でも、本を、私が書く、これはとんでもない話だと、まず思った。「やれば、書けると思うよ、ぼくは」

先生の声は続いた。

　まだ日本の繁栄もほど遠い一九五九年。二十を過ぎたばかりの私にとって、太平洋、インド洋、大西洋と地球を半周した二ヶ月の船の旅と、その後のブラジルでの生活はとても刺激的だった。おまけに親しくなった隣人が二流のサンバの歌手の一家だったから、二年間ずっと、毎日がカーニバルみたいな日々だった。その家の落第ばかりしている一人息子のことだったら書けるかもしれない、とふと思ったのが、あとの祭り……いや、祭りのはじまり？

　書き始めると、書きたいことは山ほどある。あれもこれも書きたい。原稿の枚数はみるみる三百枚になり、それでもまだ半分も書いていない気分だった。規定は七十枚だというのに。

「少し整理しないと、読者にはわからないかもしれませんね」と、ご苦労様にも私の分厚い原稿を読んだ編集者が遠慮がちにいうのを聞いて、えっ、読者？　と思ったのだから話はひどい。それから書き直しが始まった。くり返し、くり返し、くり返し、数えきれないほど。一年ほどかかって、やっと七十枚に仕上げたときには、魔法にでもかかったように、私は書くことがたまらなく好きになっていた。

　それでは次は童話を書こうと思った。毎日、何を、どう書こうと考えるのは、とっても楽しかった。ところが、これが思うように書けない。こんなことは当たり前なのに、すっかり物書き気分でいた私には不思議でたまらなかった。お話は頭の中ですっかりできているのに、いざ書き始めると、それはまるで龍のごとくに動き出し、とんでもないところに行こうとする。どうしても、おわりに行きつけないのだった。

それでも書くことは変化のない日常の中で、充実した時間になっていった。夜、ねている子どものそばで壁を背にしゃがみこみ、二つのひざっこぞうに画板をのせて、終わらない話をぐちぐちと書いていく。紙がもったいないので、小さな字で書き、裏にも書き、それでも話はどうしてもおわりまでいきつけないのだった。そんな日が七年間も続いた。ある日、とうとう「おわり」と書ける作品ができた。まるで長いトンネルを抜け出たような気分だった。早速、投稿し、ラッキーにも採用された。そのとき私は四十二歳になっていた。

そのあと、やっと本が三冊ほど出たとき、私はブラジルを訪ねてみたくなった。初めての時から十八年たっていた。「本を書きましたよって、ブラジルにご挨拶にいくつもりです。すぐ帰ります」出発の二日前、病床にあった龍口先生をお見舞いした。ところがロスアンジェルス経由でサンパウロに到着すると、待っていたのは先生死去の電報だった。先生に感謝の言葉もいうことができなかった。そう思うと心が痛い。でも龍口先生と、ブラジルと、童話を書くこと、それは一緒になって、いつも、いつも私の中にある。

空白で語る描かないすごさ　ディック・ブルーナ

ディック・ブルーナさんの描かれたミッフィーの目を見ていると、何度かお会いしたことのあるブルーナさんの目と重なってくる。真剣だけど、どこか遠くを眺めている。その視線は自分の心の奥にそそがれているような感じがする。ミッフィーの縦長の丸い目だって、よくいわれるように子どもらしいきらきらと踊るように光る目という感じは私にはしない。考え深げな、でもちょっととまどっているような……小さいけどどこか心もとなく自分を探している目だ。

今までブルーナさんの絵本については、イラストレーターやデザイナーがたびたび書いているのに、作家の書いたものは少ない。それでブルーナさんの絵本の物語性について書いて欲しいと編集部からお話があった。困ってしまった。私はすぐに返事ができなかった。あのシンプルな絵本の中に物語性があるの？　……いや、ある！　ないはずがない！　世界中の子どもたちにあんなに愛されているのだから。

私はブルーナさんの絵本の翻訳をしている。正直いってとても難しい。あんな小さい本なのに、なんにちもなんにちも、一ページも訳せない時がある。なんとかあの絵が生きるようにしたいと思うと、日本語探しに苦労する。そんな時、忘れてはいけないと思うのは、あの単純な絵のなかにある世界の大きさだ。それはミッフィーの目にもいえる。あの小さな二つの目のなかに大きな世界がかくれてる。子どもたちにはちゃんとその世界が見えるのだ。そこにブルーナさんの絵本の物語性もあるのではないかと思った。

そこで私は改めて物語について考えてみることにした。子どもの時からお話というものが大好きだった。作家になってからも、ひたすら面白い物語を書きたいと思ってきた。でもそもそも物語ってなんだろう。私の耳に入ってきた最初の物語はこんな風だった。

むかし、むかし、あるところに……そしてめでたし、めでたしで終わる。

またこんな風でもあった。

ある日のことでした。花子《はなこ》ちゃんは……あっ！　大変！　事件がおきました。すると、……おやおや……でも……しかし……というように、なにかが起き、半分解決し、またなにかが起きるというように、出来事はかさなり、主人公の心が変化していく。

そして、そしてと物語はつづいていく。読み手は物語の世界に入り込んで、主人公といっしょに歩いている気分になる。出会いの楽しさがある。しかも出会いは意外な顔を持っていたりして、心がさわいで、想像することがいっぱい生まれてくる。これはかなりエキサイティングなことだ。こんな気分を味わいたくて、私はお話を書きつづけているような気がする。

そこでブルーナさんの絵本を見てみると……さして事件は起こらない。そして、そしてとお話はあまり前にころがってもいかない。おおさわぎとはとても遠いところにある。いつも静かだ。なにか大変なことが起きても、涙はひとつぶか、ふたつぶ。わんわんと四方八方に飛んだりはしない。ミッフィーもボリスもいつも正面を向いている。なにかをいいたそうに。また歩いているときは体だけよこに向けている。これからどこかに行くのよ、いっしょに行かない？　とでもいっているように。どこかってどこ？　たぶんなんにもないところ……。空間へ。でもきっとすごくにぎやかなところだと私は想像する。

小さな子といっしょに歩いていると、「ちょっと、まって」といって、つないだ手をはなして、少し高いところを見つけて、よろよろと歩いてみせたりする。自分の小さかった時のことを思い出すと、前の家の垣根のへりなんかとっても楽しい歩き場所だった。ただただよろよろと歩くのだ。ときどき踏み外して、こっちにとん、あっちにとんと落ちたりする。少し危ない気配もあるのに、しつっこく繰り返したくなる。このただのよろよろ歩きは楽しい。それには理屈はない。こんな時きっと子どもは見えない世界を想像して楽しんでいるのだと思う。なんにもないからかえって楽しいのだ。

　また一本の棒があるとする。くまのプーさんが一本の棒を北極点にしてしまったように、子どもの心のなかではいろいろに姿を変える。例えば神秘な境界線にもなるし、地面に絵を描くものにもなる。円、三角、波形、なんでも生まれる。つぎはバットにもなる。杖《つえ》にもなる。一本の棒が限りなく広がっていく。単純なものからこんな風に子どもは心を動かして遊ぶ。

　ブルーナさんの絵を見ていると、見えない世界に誘ってくれる空間と、大きな想像の世界に導いてくれる単純な形の二つがそろって入っていることに気がつく。そしてその二つこそが物語なのだと私は思う。波瀾《はらん》万丈もたしかに物語だ。それは否定しないけれども、それも含めて物語があるということは、人の心が充分遊べることではないのだろうか。でもただ単純がいいのだというわけにもいかない。このシンプルな問題はそんなにシンプルなことではないのだ。書き手のなかに、物語がつまっていなければ、このような力は持てない。ブルーナさんのうさぎ（後のミッフィー）との出会いは相当早い。ブルーナさん生後十三ヶ月の時の写真にはすでに横に大きなうさぎが写っている。この時ブルーナさんは自分はうさぎとおなじ存在だと感じたのではないだろうか。

こんな風に少しずつ自然になにかが育っていく。ちいさな胸がうさぎを見ていろいろ想像した物語は、成長とともに跡形もなく消えてしまったかもしれないけど、心臓の鼓動のようにずっと体のどこかで働きつづけているのではないだろうか。このような体内時計とでもいうような物語を持っているから、あのシンプルな絵本のなかに大きな物語世界がかくれていて、子どもたちの心をとらえてはなさないのだと思う。

「……私のうちに車がすでに存在していて、それだからその車は〝これでよい〟というようになるのです」とブルーナさんは書いている。いうまでもなくこの車はただの車ではない、物語をもった車なのだ。そうでなければ本当の形は姿を現さない。

ブルーナさんにお会いしたら、いっしょによろよろ歩きをしてみませんかと誘ってみようか……でもきっと、あれは一人でやるものですよとおっしゃるにちがいない。

私の先生

一九五九年、私は移民としてブラジルに渡った。ブラジル語の知識は皆無、小さなアパートに落ち着いたとたん、言葉との格闘が始まった。パン一個、ソーセージ三本を手に入れるのも容易ではない。三週間ほどしたある日、住んでいるアパートのエレベーターの中で一人の少年と出会った。きびきびとした動作、くりっとした大きな目の可愛い子で、その時とっさに、私はこの子に言葉を教えてもらいたいと思った。手振り身振りでなんとか頼み、その日からこのルイジンニョという九歳の少年が私のブラジル語の先生になった。なんと、彼は二度も進級に失敗している落第坊主だったのだ。その子が先生とは……。ところが彼は素晴らしい先生だった。おかあさんはあまり有名ではなかったけどサンバの歌手、それで彼は生まれる前からサンバのリズムの中で育ってきたといってもいい。いつも体ぜんたいでリズムを響かせ、足をスイスイと動かしては踊っていた。

彼にとってはお皿だって、壁だって素敵な打楽器にかわり、それにつれて踊りも変化し、熱が入ると、足が見えなくなるほど速いステップをふんでみせてくれる。私は彼のこのサンバのリズムにのって、ブラジル語を習いはじめたのだった。例えばこんな風に。「エイコ、覚えて、これ（椅子）はね、カディラ　カディラ　カディラ」と歌うようにいいながら、体はカーニバルのダンサーのように動いていた。一緒に私の体も動き始め、椅子という言葉はサンバのリズムと一緒に私の言葉となっていった。こうして少しずつ私はブラジル語が話せるようになっていった。同時に、ブラジル人が持っている心のリズムや、ブラジルという国の持っているリズムも一緒に私の中に住みつくようになっていった。この経験から、言葉が持つリズムは、意味と同じぐらい大切だと思っている。

日本語には、ブラジルの言葉ほど、はっきりとしたリズムはないかもしれない。少なくとも踊りに合う言葉ではないかもしれない。でもあるはず。そのリズムに体も一緒に乗ることができたら、言葉はきっともっと深いところで、その人のものになっていくと思う。

帰国して数年後、この少年ルイジンニョとの出会いを、私は書くことになる。それが私の処女作となった。

ことばと出会う

ある夕暮れ、東京の下町にある深川《ふかがわ》のお不動さんへの道を歩いていた。

この近くで私は生まれた。辺りの空気はぼんやりと暗く、お線香のけむりが漂っていた。

さっきから聞こえていた子どもをなだめる母親の声が急に大きくなった。

「泣くのはやめなさい。あんた、江戸っ子だろ、江戸っ子」

私は思わず息を呑《の》み、声の主を探した。すると脇道にぐずる小さな男の子を自転車の荷台に乗せて、走り出そうとペダルに片足を乗せている若い母親の姿があった。

「さ、いくよ」

自転車は動き出した。

思わず足を止めた。こんなセリフ、このごろあまりきかない。私はわけもなく嬉しくなった。江戸っ子って、どんな江戸っ子のことだろう？　このことばから想像がふくらんだ。男の子は足をバタバタして、泣きじゃくっている。あのなきべそは将来、豆絞りの鉢巻きをきりりと巻いて、御神輿《おみこし》を担ぐ、いなせな江戸っ子になるのかしら、頼まれたらいやとはいえない江戸っ子になるのかしら……もしかしたら宵越しの銭を持たない江戸っ子になっちゃうのかしら……それにしても今頃の母親のことばにしたら随分と粋なこと。久しぶりに心が弾んだ。道の先のお不動さんのローソクの炎も笑ってるようにゆれていた。

去年、ヘルシンキの空港で、「江戸っ子さん」と同じぐらいの歳の母と子の姿を目撃した。長旅のあとで、椅子にぼうっと座っていた私の右手から、三歳くらいの男の子が泣きながら走ってきた。すると反対側から大きな荷物をさげた女の人が走ってきた。迷子と母親だ。二人は私の目の前で、ひしと抱きあった。母親は荷物を置き、ひざを床につけて、かがむと、泣きじゃくる男の子を強く抱きしめた。しばらくすると、私の方に向いていた子どもの泣き顔がだんだんゆるんで、声も小さくなっていった。やがて泣き声がおさまると母親は立ち上がり荷物を片手にさげ、子どもの手を引いて歩き出した。その間何分ぐらいだったろう。恐らくは七、八分、終始無言だった。見事に無言だった。「どこへいってたの？」とも、「よかったね」とも、まして、「だめじゃないの、勝手にそばを離れたら」ともいわなかった。私だったらきっと何かいってしまっただろう。でもこの母親の無言にはその場かぎりの意味をはるかにこえてあたたかで、豊かなものが感じられた。

ことばというのはなかなかやっかいなところがある。限りなく大きな世界に誘ってくれるかと思うと、きりきりといじわるな面をもっている。ことばは物事を分ける性質がある。分けて価値をせっかちに決めてしまう。そうすることで人は安心を見つけようとしがちだ。ことばというと、その意味は？　と人の注意はすぐその方にむけられる。どちらかに決めて落ちつきたがるのだ。そうでないことばがあるはずだと思うのだけど。ウィットの利いた江戸ことば、そしてあの無言の親子の中にいっぱいつまっていたことば。子どもの物語はそういうことばで書きたい。体に響く、豊かなイメージの世界に連れ去るようなことばを探したい。

扉の向こうの世界

本は、まず表紙、めくると見返し、また開けると扉。さあ扉をあけよう。入っていく先は……どんな世界？

本ってなんと素敵な形を持っているのだろう。めくるたびに心が高鳴ってくるような、ドラマチックな作りになっている。そして本の中でも際立ってドラマチックなのが絵本だ。だから絵本の表紙は中の物語を見せるような、隠しているようなものでないとつまらない。見た瞬間に、これから出会う世界を思ってときめかせて欲しいのだ。それから、見返し。凝った着物の裏地のような面白さを持っている。そして、次の扉は、見せるような、隠しているような顔をして開けてもらうのを待っている。表紙とまた違うイメージなのだ。さらに秘密めかしい。

この扉はちょっと押すと開きそうな顔をしてる。ここも魅力的。そのあとはお話のページが続き、「おや」「あれ、まあ」「まさかあ」「どうして？」読者はめくるたびにこんなときめきの連続を味わう。早く早く次を見たい。そう思ったら早く早くめくればいい。早く読んじゃうのもったいないと思ったら、本があたたかくなるほど握りしめて、ぼーっと空を眺めていてもいい。そのとき心はいろいろな世界に旅立って行ってる。絵本ってどう読んでもいいんだなっていつも思う。

読者の心の色がまた本に色どりを加えていく。それで読み終わったら、しばらくして最後のページから、逆さまに読んでみたり。これって案外面白い！　絵の中に意外な発見ができる。半年したら、もう一度。親になったら、思い出の本を本棚の奥に見つけて、また読んだり。その都度発見がある。ページとページの間にはこんな無限大な世界がかくれている。それが絵本だと思っている。

私は自分の好きな絵本をいつも探し、見つけ、繰り返し広げて読んでいる。こんな長い時間を旅するような本を書きたいと思う。

原稿用紙

物書きのはしくれに、爪の先ほどが引っかかった頃だった。

これからずっと書くことを生業にするのなら、自分専用の原稿用紙が欲しいと思った。展覧会などで、著名な作家の仕事場などを見ると、そこには大抵モンブランの万年筆と、おしゃれな色で、名前とマス目が印刷された、原稿用紙が置いてある。それはとっても格好よく見えた。まずは自分の原稿用紙をつくろう。うわさに聞くと、上等な原稿用紙は神楽坂《かぐらざか》の紙屋さん製ということになっているらしい。私は早速その店へ出向き、自分の名前の一文字を入れた原稿用紙を、一生かかっても使い切れないほど注文してしまった。そして、ワクワクと書き始める。ところが、やたらに肩が凝る。ほんのさわりだけ書いたところで、もう気に入らない。

かつて見た映画では、作家はうまく書けないと、原稿用紙をくちゃくちゃに丸めて、周りに放り投げていた。けれど、たった三行しか書いてないのに、くちゃくちゃなんて……。私にはそんなもったいないことはできない。お天道さまに申し訳ない。すると原稿用紙をにらむばかりで、手が動かなくなってしまった。いいじゃないの、一生かかっても使い切れないほど作ったんだから、せいぜい無駄をしなさいよ。そう自分に言い聞かせても、きれいな原稿用紙を前にすると怖気《おじけ》づいた。

それがある時、新聞の折り込みチラシの裏に、いたずら書きをしていたら、おや、気持ちがせわしなく動き始めてる。猛烈に書きたくなった。それからしばらくは、裏の白いチラシを探しては書いた。チラシの上で物語がどんどん動いていった。次第にチラシがファックス用紙に取ってかわり、とうとう市販の二百字詰めの原稿用紙の裏側に落ち着いた。表のマス目がかすかに見えるところが、なぜかいい。やっと私は自分にあったぴったりの紙を見つけた。その原稿用紙を、これまたうんざりとするほど買い込んだ。それなのに、なんとこんな私にも、パソコン時代がやってきたのだ。指一本のブラインドタッチだってできるようになった。ちょっと得意。でもまだ、続きがある。

今年のはじめ、手書きに戻ろうと決心したのだ。幼いころ、手で書いた落書きの自由さ、楽しさ！　そこにどうしても帰りたくなった。

ランドセル

テレビを見ていたら、来年の一年生のためのランドセル受注会が始まったというニュースが流れていた。人気の製品はすでに予約でいっぱいだそうだ。「なに、これ！まだ五月なのに」と、時間の流れが混乱してきた。ついこの間、いや、今でも毎日、背中が反り返ってしまうほど、分厚いランドセルを背負った一年生が家の前を通っていく。これは一種の心温まる風物詩だ。その楽しみの真っ最中に、来年のランドセルの話？　大抵は身内からの贈り物のようだけど、かわいい、我が子、孫のためにランドセルを買う楽しみが、季節外れにやってくるなんて、何処かおかしい。喜びも、驚きも、なんだかずるずるやってきて、ずるずる終わってしまっている。ランドセルは一年生の印だから、なるべくいいものをとお祝いの気持ちが集中するのはわかる。こんな情熱があるなら、私にはぜひともお薦めしたいものがある。

それは本棚。大きくなくてもいい。例えば幅九十センチ、高さ三十センチぐらいのもの。これなら本は四十冊ぐらい入る。一年生になった記念に、「自分だけの、本当に自分だけの本棚」を持たせてあげるというのはどうだろうか。もちろん始まりは空、本は一冊もはいってない。でも、自分で読んで（読んでもらうのではなく）、自分で好きになった本が見つかったら、一冊、一冊、入れていってほしい。

家にはそんなスペースはない。図書館があるから、本はそれで充分。気持ちは分かる。一回に十冊以上も貸してくれる、図書館が身近にあるなんて、なんて幸せな時代だろうと思う。でも、それは自分だけの本にはならない。

戦時中の子どもだったから、本は本当に少なかった。家にあるのは兄弟共有で、それを友だちにも貸し、借りたりもしていた。当時は本は誰のものでもなく、みんなのものだった。戦争に負けて、三年ほどたった頃、叔父が「今日は栄子のために本を買ってきてあげたよ。今とっても評判だそうだ」と手渡してくれた。竹山道雄《たけやまみちお》さんの『ビルマの竪琴《たてごと》』だった。

これが初めての「私の本」になった。

手に持ったときの喜びは、思い出すたびに心が揺れる。戦後すぐだったから、粗末な紙だった。でもインクの混じった、その紙の匂い、抱えたときのふわっとした感じは忘れられない。

誰のでもない「私の本」なんていうと、わがままな独り占めみたいだけど、それは全く違う。その人の、その時が、その本の中に入っているのだ。成長するにつれ、本棚の本は変わっていくかもしれない。でも本当に大事に思う本は残っていき、成人になる頃には、自分だけの本棚ができあがっているはずだ。

ピカピカの一年生に、こういう贈り物をどうぞ。

見えない世界

「作品は自分の子ども時代を思い出して書くのですか？　それとも自分の子どもと関わっているうちに、生まれてくるのですか？」

というような質問をよく受ける。そのたびに考えてみると、そのいずれでもないような気がする。思い出というのはだれにとっても大切なものだけど、だからといって、そのままものを作るエネルギーにはならないような気がする。思い出はとても個人的な事だから、当人には大切でも、他人にはなかなか伝わりにくい。しかも時をへだてた今の子どもたちに通じるかどうか、とてもあやしい。個人的な思い出によりかかりその中に意味があると思い込んでいるところに、本に対しての大人と子どもの違いが生まれてしまうのではないだろうか。

大人は自分の子ども時代を懐かしむあまり、それを正当化したくなる。そして押しつけが生まれ、子どもは反発したくなる。とはいってもやはり私の場合子ども時代と、それに続く若いころの思い出がなかったら、子どもの物語を書く人にはなっていなかったかもしれない。そのときあったことがらよりも、出会ったときの心の動きの中に創作のエネルギーはかくれているような気がする。

先日、地下鉄で連結器のドアの横に座っていた。隣の車両から子どもの激しい泣き声が聞こえてくる。それからすぐ、その子はおばあさんとこちらの車両に移ってきて、まわりに席はいっぱい空いているのになぜか私の顔を見ながら、一層声を張り上げて泣き続けた。「ここに座りたいの?」と私がきくと、「うん」と大きくうなずく。私が立って向かいの席に移った。その子はとたんに泣き止むと椅子の横の機械などを入れてあるのだろう幅二十センチばかりの張り出した台の上にミニカーを載せるとうれしそうに遊びはじめた。

私は思わずにやりとした。彼はどうしてもあそこでミニカーを動かしてみたかったのだ。あの場所は今彼の気持ちの中で特別な場所になってしまったのだ。そんな心の動きが伝わってきたとたんに私は子どものときの自分の世界に入り込んでいた。

あの時、私はどうしても白い軸の鉛筆が欲しかった。学校のそばの文房具店にならんでいた白い鉛筆で書きたいものがあったのだ。いつもの緑の鉛筆じゃいつものものしか書けないじゃないの。それで私は欲しいと泣いた。鉛筆はどれも同じだよ、うちにはたくさん買い置きがあるんだからがまんしなさいといくらいわれても泣き続けた。

このミニカーの男の子もいつもやっている遊びはしたくなかったのだ。電車の中の遊びはぜんぜんぜんぜんちがうものなのだ。それで泣いた。そんな彼の泣き声に飛び乗って私は自分の子ども時代に入り込んでいった。あの子と私は時はへだたっているけど、同じ風景の中にいたのだと思う。幼い頃のあのドキドキした気持ちが目を覚ましたのだ。

このように同じ気持ちを感じたとき、私を物語の世界に送り込んでくれる。それはこの男の子を主人公にして、話をつくるということと、まったくちがう。書きたくなるのはあくまでも、形ではなく、同じ気持ちなのだ。

電車の中という公共の場で子どもを甘やかしてると思う人もいるかもしれない。私はそれがいいことか、悪いことかということをここに書きたいのではない。子どもってそういう時があるのだ。私もそうだった。あなたもそうだったのではないだろうか。

この後、この子がとった行動をぜひとも聞いてほしい。しばらくして、おばあさんが差し出したヤクルトをその子は手にとってちょっとのあいだそれを見ていた。ご存じのようにちいさなプラスチックの口はアルミ箔《はく》でぴったり覆われている。私はこの飲み物の蓋をいつも上手に開けられない。引っ張るのに力を入れすぎて着ているものをかならずといっていいほど汚してしまう。それできっとこぼすぞ、こぼすぞと、半ばからかい気分でこの子がどうするかを見守っていた。この子はアルミの蓋に指の爪をちょっと引っかけた。でも力足らずで開かない。すると、今度は口を近づけて、前歯をぐいっと突き立てた。そうしてできた穴からジュースをちゅうちゅうと吸ってまたたくまに飲んでしまったのだ（余談……帰宅して私は早速まねをしてみた。大人の歯は大きすぎてうまくいかず、また洋服を汚すこととなった）。

私はこの子の見事なやり方に感嘆した。ちょっと不潔、なんてどうぞいわないでください。この子は賢い。目の前に現れたことがらに対してなんて自在なんだろう。ちいさな場所に執着してあんなに泣いていた子に、これだけの生きる力があるのだ。私は心から尊敬してしまった。子どもの行動は意表を突く。大人はいつも既成の答えを用意しているから不意を突かれてびっくりする。子どもの生きの良さについていけないのを認めないで、子どもは何も知らないと思い込もうとする。答えはいつもひとつではないのだ。

ある時どこかの学校で授業を見せていただいた。いや娘の授業参観のときだったかもしれない。多分国語の時間だったと思う。どんな質問だったかも忘れたが、手をあげて答えた子どもに、あとの子どもたちがみんな声をそろえて「ご明答」といったのだ。私はそのときたまげた！　ずいぶんすごい言葉だなと思った。「ご明答」なんて、町のご隠居さんが一年に一度か二度それも遠慮しいしい使う言葉だと思っていたから、こんなにいいきっちゃっていいのだろうか。こっちが良くて、あっちが悪いと簡単に決めてしまっていいのだろうか。決めるのもひとつの知恵という考え方もあるかもしれない。でもこの世は決められないことばかりなのに。

私は小さいときすごく癇《かん》の強い子どもだったらしい。よく泣いた。それも賑《にぎ》やかに。なにかに期待する気持ちも、それが与えられた喜びも、また与えられなかったときの嘆きも、激しかったようだ。要するにヒステリーだったのだ。父はこのありさまを栄子の疳《かん》の虫が暴れだしたといった。大人たちはそんな私に辟易《へきえき》とし、なるべく近寄らないようにしていた。ある日、父はどこかのお寺か神社から疳の虫封じのお札というのをいただいてきた。それを南側の鴨居に釘《くぎ》で打ち付け、その下に両手を合わせて正座するように私にいった。それから父は踏み台の上に乗り、小石をもってお札の上の釘をこんこんと打ち、どうかこの泣き虫をなおしてくださいと拝んだ。

「これで疳の虫は封じ込められ、栄子のところには出てこられなくなるから」といった。えっ、やだ。恐ろしい。ちゃんとしないと疳の虫がまた出てきて、私をばりばり食べちゃうのじゃないかと思って、また泣きたかった。今でもこのときの自分の姿を思い出す。成長して、大人になり始めの頃、あんなの迷信でしょ、全くうちはインテリジェンスがないんだからと軽蔑《けいべつ》して父にいったことがあった。

「迷信だと思うのかい。それは大まちがいだよ」と父がいった。

「もう。まったく〜、おとうさんは古いんだから……」私はツケツケといって席を立った。

大まちがいとはどういうことなのと聞かなかった。そのときは聞く気持ちにもならなかったのだ。でも今はちょっと違う。父は私をだめな子と決めつけはしなかった。疳の虫を人の強い爪で無理矢理ひねりつぶしたりはしなかったのだ。あなたの存在は認めます。だからこの子のところにはでてこないで、向こうの世界でご自由にしてくださいという気持ちだったと思える。この世に存在しているものをいいもの、悪いものと決めつけず、いろいろあるさ、それが私たちの世界なのだということを父はいいたかったのだろう。

毎年二月の末にドイツの南の地方で、ファスナハトという、数日つづく祭りがある。この祭りの前日の夕方、市の鍵を「おろかもの」に手渡すというセレモニーがある。「おろかもの」とはすごい名前だなあ、差別語じゃないのかなあ、江戸時代のお白州でもあるまいに……といろいろ想像してうきうきとその儀式に参加した。バートバルトゼイという町だった。市庁舎の広間には民族衣装を着た町の人が大勢集まっていた。なにやら市長と町の人たちとの笑い混じりのやりとりがあったあと、キツネのしっぽを帽子に下げた農民風の男の人が飛び込んできた。市長はその男に市の鍵を渡し、この祭りの間、町を「おろかもの」にも開放すると宣言した。ということはいつもは「おろかもの」は疳の虫のように町の城壁の向こうに封じ込められていたということだろう。それで祭りの間だけ、一緒に楽しみましょうというのだ。それでは「おろかもの」とはどんな者たちなのだろう。祭りの行列をみるとよくわかった。全身かたつむりの殻でおおわれた者であったり、まつぼっくりでおおわれた者であったり、頭に木の根をはやしている者であったり、狼男、鳥男、虫男のような者であったりと不思議な姿をしている。普段は闇のなかに溶け込んでいる者たちが、許されて姿を現したのだ。キリスト教が大きな力を及ぼしてきたこの社会にも、不思議な力を持つ者たちはまだちゃんと存在していたのだ。いいかえれば人は不思議な存在を消し去ることはできない。いまだに恐れられているのだ。疳の虫もおろかものもちゃんと生きる場所がある。この祭りは人のいる世界の奥深さを表しているように思った。

でも私たちはとかく見えるものを信じてしまう。一目でわかる数字に頼ってしまいがちだ。でもこの数字の奥に連なっているもう一つの世界まで思いをはせる人は少ない。私たちが日常便利にしている道具だって人の願いと想像力の産物ではないだろうか。どれもこれも人の願いを受けて、目に見えないところから姿を現したのではなかったか。

大人たちは日常の生活に追われて見える世界にばかり心をうばわれがちだ。でも子どもはちがう。この二つの世界を自在に往き来しながら生きている存在なのだ。いきいきと心を遊ばせている。どうか効率がいいからといって見える世界へ無理矢理引っ張り込まないでほしい。二つで一つの世界、そこでこそ人はいきいきできるのだと思う。想像が膨らみ、創造するエネルギーも生まれてくる。

私は言葉を使って物語を書いている。そこで言葉の意味にばかり頼りすぎると物語は次第に貧弱になっていくような気がする。言葉は物事を分けようとする性質があると思う。子どもの物語は大人が書いて子どもが読むものだからとても用心しなければならない。見える世界の価値観で物語を書いたら子どもたちに嫌われてしまうだろう。それで言葉の意味よりも言葉のときめきを大切にしたいといつも思っている。ときめきは形ある風景として立ち上がってくる。そこを読み手といっしょに歩けたら、どんなに楽しいだろう。

2005年11月。
下関に招かれて幼稚園で読み聞かせ。
（著者提供）

「２０１８年国際アンデルセン賞　作家賞」受賞スピーチ

（２０１８年８月31日　ギリシャ国立オペラハウス）

この度は国際アンデルセン賞という栄誉ある賞をいただき、心から感謝申し上げます。

第二次世界大戦が終わってまもない頃、子どもの文学を通して、これからの世界の平和を願ったIBBY創設者であるイエラ・レップマンの高い志に、心からの敬意を表します。この戦争の真っ只中、私は日本の十歳の女の子でした。あの過酷な時期を本によって、どれほど慰められ、生きる勇気を与えられたかを実感しております。ですから、この賞は私にとって、特別な意味を持っています。

そして、IBBY会員の皆様、またこの賞の選考にご尽力された皆様、私の愛する編集者たち、そして、何より私の本を読んでくださった沢山の読者に、心から御礼申し上げます。ありがとうございました。

さて、ここで私の思い出の「オノマトペ」をひとつ声に出していってみようと思います。

「どんぶらこっこーう　すっこっこーう
どんぶらこっこーう　すっこっこーう」

みなさん、どんな情景を思い浮かべましたか？

一人一人お答えをお伺いしたいところですが、時間がかかりますので、私がお答えいたしましょう。これは日本の昔話の冒頭に出てくる言葉です。五歳で母をなくして泣き虫だった私を、父は膝の中に座らせて、体を揺らしながら、このようにお話を語り始めました。

「川上から大きな桃が、『どんぶらこっこーう　すっこっこーう』って流れてきました。この桃を、川で洗濯していたおばあさんがすくいあげ、家に持ち帰り、食べようとすると、中から男のあかちゃんが『オギャーオギャー』と泣きながら生まれてきたのです」

この「桃太郎」という昔話は日本人であれば、だれでも知っているお話です。この桃が川を流れてくるときの「オノマトペ」は語る人によってさまざまです。私の父はいつも「どんぶらこっこーう　すっこっこーう」と歌うようにいいました。今でも、私のこの耳のあたりに聞こえてます。とっても懐かしい。

日本の家は、玄関や窓などの開口部が大きくできています。引き戸になっていて、朝起きて全部開けると、家の中と外の世界は一体になります。家の中も、部屋を仕切る障子や襖（引き戸）をあければ、他の部屋や廊下とつながるように作られています。現在は多少変わってしまいましたが。ですから私の国では、鳥の鳴き声、風や雨の音、生活の音などが、常に人々の暮らしの中にあり、音を聞いて想像力を働かせ情報を得てきました。こういった中で、「オノマトペ」も自然にたくさん生まれてきました。「オノマトペ」には窮屈なルールはなく、感じたままの表現を許してくれます。とっても自由なものです。ひとつの「オノマトペ」が、その語感、リズム、音の響きから、どれほど多くのことを伝えてくれることでしょうか。

子どもの時、父は「オノマトペ」や独自の表現を生み出して、子どもたちに語る物語をいっそう楽しいものにしてくれました。私は、それらの言葉に誘われて、物語に入り込み、元気な子どもになったり、主人公と一緒に問題を解決しようとしたり、さまざまな世界へと想像を巡らしました。私の物語との出会いは、ここから出発したのだと思います。

仕事がうまくいかないで、書く手が止まってしまったとき、無意識に「どんぶらこっこーぅ　すっこっこーぅ」と口にしていることがあります。すると、幼い時のワクワクした気持ちが甦《よみがえ》って、原稿を書き進めることができたことが何度もありました。これは私のおまじないの言葉なのです。こんな時、父へ向けて、またこのような豊かな言葉を持っている日本語に、「ありがとう」といいたくなります。

こうして、父のおかげで、私は、物語が大好きな子ども、そして、本を読むのが大好きな子どもになりました。それ以来三十年以上、私はとても熱心な「読む人」でした。「書く人」になるなんて、考えたこともありませんでした。

ところが、三十四歳のある日、大学時代の恩師から電話があり、「君はブラジルで二年暮らしてきたのだから、『ブラジルの子ども』について、ノンフィクションを書いてみないか」といわれたのです。

私は大変驚き、とても無理だと思いました。すぐさま「できません」と答えました。でも先生は「書きなさい」というのです。その時ふっと、ブラジルで仲良くなった少年、ルイジンニョのことなら書けるかな？　と思ったのです。私は仕方なく書き始めました。本当に仕方なくです。恩師はいくつになっても、尊敬すべき存在ですから。

ブラジルで暮らした二年の間、同じアパートに住む十一歳の魅力的な男の子、ルイジンニョと仲良くなり、ブラジル語を教えてもらいました。十一歳の先生と二十四歳の生徒です。彼に言葉を教えてもらいながら、町を歩いた毎日は、発見の連続でした。ルイジンニョの母親はサンバの歌手で、彼は生まれたときから、サンバを聴いて育ったのです。私に教えるときも、歌うように、踊るように、言葉を教えてくれました。よく分からない言葉なのに、心地よいリズムに乗せて語られると、不思議なことに意味が伝わってくるのでした。彼はブラジルの少年らしく、踊るのもとても上手で、一緒に踊れと私を誘うのです。でも日本で育った私は、恥ずかしくて踊れません。すると、彼はこういったのです。

「エイコ、あんたにも心臓（コラソン）があるでしょ、とくとくとくとくと動いているでしょ。それを聞きながら踊れば、踊れる。だって、人間はそんなふうにできているのだから」

十一歳の少年のこの言葉に、私ははっとしました。そして、小さいとき、私の父がお話を語ってくれたときの、弾むような言葉遣いを思い出しました。父の物語を聞いていた時、確かに私の胸は、とくとくとくと動いていました。言葉って、たとえ語彙《ごい》は少なくても、ぴったりのリズムや響きがあれば、不思議なほど相手に伝わる、また忘れられないものになる。それまで言葉の意味ばかり追いかけていた私に、ルイジンニョは、言葉の持つ不思議議と奥深さを気づかせてくれたのです。

このような思い出にも後押しされて、私は、「ルイジンニョ少年」のことを書き始めました。すると、ブラジルでの暮らしがとても楽しいものだったので、驚いたことに、またたくまに三百枚も書いてしまったのです。日本では原稿用紙一枚が四百字です。ところが出版社の編集者に見せたところ、規定の枚数は、七十枚だというのです。

もうだめ！　と思いました。あんなに楽しく書いたのだから、直すことなどできない！　と思いました。すると、親切な編集者は、「もう少し読者に伝わるように書き直してみませんか？」というではありませんか！

そこで初めて「えっ、読者……？」って思いました。

うかつにもそれまで、私の書いたものを読む読者ができるなんて、考えてもいなかったのです。驚きました。これは大変なことだと思いました。三歳の頃からずっと、私は本を読む人、読者だったのに、私に読者ができるなんて、その時まで気がつかなかったのです。考えの足りない、あきれた三十四歳です。「あれ、どうしよう。大変なことだ」私は慌てました。

それで、「無理です。三百枚を七十枚に縮めるなんて、とてもできません。他の人に書いてもらってください」と編集者にいいました。すると、辛抱強い編集者は「ちょっといいところもありますから、書き直してみませんか？」というのです。私は、「ほんと？　ちょっといいところがあるのですか？　本当に？」それなら書き直してみようかな、とすぐに思いました。おだてに乗りやすいのです。

でも、いつの世もちょっとした褒め言葉は大切ですね。それから書き直しが始まりました。その回数は、十数回。いつも、はじめから書き直しました。毎日、毎日、書きました。そしてやっと、七十枚にまとめることに成功しました。数ヶ月はかかったと思います。遠い昔のことなのではっきりした日数は忘れてしまいましたが。

そして、その書き直しをしているあいだに、はっと気がついたのです。

今まで何をしても飽きっぽかった私が、毎日繰り返し書いても、飽きない!!　これは一体、どういうことなんだろう？　驚きでした。こういうことを、日本では「青天の霹靂《へきれき》」（予期せぬ衝撃的な出来事、とでもいいましょうか）といいます。私は、一生書いていこう、と決意しました。これこそが自分が好きなことだと気づいたのです。だれに褒められなくても出版されなくてもいいから、一人で書いていこう。父から聞いた、あの歌うような言葉で、楽しい物語を書いていこう。そうしたら、毎日を、いきいきと生きていくことができる。そう心に決めたら、生きることが一層楽しく思えるようになりました。

そして、次に取り組んだのは、ノンフィクションではなく物語でした。毎日、毎日書き続けました。ブラジルの少年が教えてくれた弾むような言葉の響き、踊るようなリズム、父が語ってくれた身体に浸みるように入っていく、あたたかい言葉で、私も書きたいと思いながら。

私の二冊目の本が出版されたのは、それから七年後でした。私は読む人から、書く人になったのでした。その時、四十二歳になっていました。

私に残された時間はそんなにないと思いますが、これからも毎日物語を書き続けるつもりです。冒頭で申し上げましたように、五歳で母をなくしていた私は、あの過酷な戦争の中で、物語にとてもとても慰められました。安心を与えてもらいました。あの厳しい時代を生きていく力を与えてもらったと思います。

私は、こう考えています。物語は、私が書いたものであっても、読んだ瞬間から、読んだ人の物語になっていく。読んだ人一人一人の物語になって生き続ける。そこが物語の素晴らしいところだと思います。そして、その時、感銘を受けた言葉、その時の空気、その時の気持ち、想像力などが、一緒になって、その人のからだのなかに重なるように入っていき、それが、その人の言葉の辞書になっていく。その辞書から、人が与えられた大きな力——想像力が生まれ、そして創造する力のもとになっていくと思っています。それはその人の世界を広げ、つらいときも励まし助けてくれるでしょう。

ルイジンニョがいったように、同じ鼓動を持つ人間同士です。今は難しい時代であるけれども、地域を越えて、物語には大きな力があると信じています。そう信じて、これからも書き続けて参ります。世界中の皆様、これからも私の物語を読んでください。再度、「ありがとう」と申し上げて、私の話を終わらせていただきます。ありがとう。

IBBY会長（当時）ワリー・デ・ドンケルさんから
授与されたメダルを掲げる。
協力：IBBY（国際児童図書評議会）、JBBY（日本国際児童図書評議会）

あとがき

大事な箱があった。三十センチ四方厚さ十センチぐらいのボール紙の箱だった。そこに集団疎開中に父からきた手紙数通と、死んだ母が親戚《しんせき》の人に出したハガキ一枚と、私の三年生の時に書いた夏休みの宿題の絵日記、戦後初めて買ってもらった花柄のハンカチ、それと自分では上手にぬれたと思っていた塗り絵、なんかが入っていた。父の筆跡は弟の家にまだ残っている。でも母のものは、もう誰も持っていない。うっすらと覚えている母の字は万年筆で書かれていて、書き慣れた風であった。それと、絵日記。戦時中のこともあり、来る日も来る日も、その日食べたものを書いたような記憶がある。こんなに細かく覚えているなんて、私も相当しつっこい。

この箱を私は二十四歳まで持っていた。この年、私はブラジルに出かけていく。それで、義父の家の物置に置いて出かけた。忘れん坊の私は、それをすっかり忘れていた。

帰国して数年後、家を建て替えることになって、思い出して慌てて捜した。でも、どうしても見つからない。確か置いたはず……ない。諦《あきら》めるより仕方がなかった。それからは、私はなんでも取っておく人になってしまった。

この頃、断捨離とか、生前整理とか、うるさく耳に聞こえてくる。やらねばと……私だって思う。残して、後のものに迷惑はかけたくない。でも、二度と返らない、あの消えてしまった箱を思うと、どうしても捨てられなかった。

ある時、たまたま私のエッセイを読んだ編集担当が、今まで書いたものを見たいといい出した。

「あるけど、でも、たいしたものはないわよ」

私はどさっと段ボールを取り出した。それに彼女は数時間、端から目を通すと「よく取っておきましたね」といった。

褒められたのだろうか……?

書いた時期もあやふや、掲載誌もあやふや、同じことをなん度も書いているものもある。編集担当があちこち手を尽くして探してくれたが、初出不明のままのエッセイも多い。でもそれがかえって私らしいというのだった。重複してるところは手を入れて、私のいささか後ろめたい気持ちを引きずりながら、このエッセイ集は生まれた。

これで段ボールとはお別れできる。清々する、私は箱の中に手をいれながら、そう思った。ところが、頭の混乱そのままのいたずら書きやら書き直しやらが、原稿のはしばしに残っていて、私を過ぎた時間に引き戻していくのだった。

「やっぱりもう少し取っておこうか」

かくして重い段ボールは、戸棚の中に再び押し込められた。

二〇一九年九月

親愛なる角野栄子様

小《お》川《がわ》糸《いと》（作家）

前略、ごめんくださいませ。

角野さんは、本当に赤い色がお似合いですね。その赤が、もしかして「魔女」に繋《つな》がるのかな、とこの本を読みながらふと思いつきました。ごめんなさい、私の勝手な「空想」です。

角野さんが五歳という若さで、お母様を亡くされたことを、初めて知りました。そのことが、角野さんの人生にどれだけの影響を与えたか。人生を左右するほどの、大きな大きな出来事だったかと思います。受け入れ難い、けれど受け入れるしかない。その過酷すぎる現実を、小さな体で必死に受け止める幼い角野さんが、とても印象的でした。

自分を産んでくれた母親の記憶がひとつもないということがどれほどしんどいか、改めて想像するきっかけをいただきました。お母様が、身をもって、角野さんに

「死」の存在を教えてくださったのですね。それが、母親からの「贈りもの」であると解釈できることこそが、角野さんの素晴らしさだと感じました。

　おっしゃる通り、親を失うということは、子どもにとって最大の不幸です。でも、人間には元来、自然治癒力というものが存在する。傷ついた心を、自分で治し、回復する力が備わっている。それもまた、お母様の命から角野さんが授かった豊かな贈りものであると感じました。私は、角野さんの生き方から、みずみずしい生命力を感じずにはいられません。

　お父様のあぐら、にぎやかなお正月、和光堂さん、そういった周りの人たちや時間が、角野さんの中で自然治癒力が発揮されるのを見守ってくれていたのだと思います。心の置き場所が見つからなかった十四歳の角野さん、そこに突破口を開いてくれた英語の先生。

　どこにでもある平凡な日常を面白がれるかどうか、ひとつの出来事でもどの角度から見てどう受け止めるか、その人の受け止め方次第で、人生はつまらなくも波瀾《はらん》万丈にもどちらにも転がっていくのだと思います。そして角野さんは、目の前に起こる出来事を面白がれる天才ですね。

　だって、結婚早々、二十四歳の若さでブラジルへ行ってしまうなんて！　なかなかの度胸というか、型破りというか、好奇心旺盛《おうせい》というか。とにかく、その行動力に脱帽しました。片道切符の船旅は、ブラジルまで二ヶ月もかかったとのこと。もう、今では信じられないような長い長い船の旅を想像し、自分も冒険をしているような気持ちになりました。

そして、ブラジル、サンパウロのグアイアナーゼス通りでの新しい暮らし。角野さんにとって、どんなに刺激的だったことでしょう。とりわけ、クラリッセとの出会いは、格別でしたね。

角野さんの生き方にどこかラテン系の血を感じるのは、きっとブラジルで暮らしたことが大きく影響されているのだとお察しします。違う世界に体ごと飛び込むというのは、もちろん勇気のいることですが、そこから得られるギフトもまた、とても大きいということを学ばせていただきました。

角野さんの言葉で綴《つづ》られるクラリッセの生き方もまた、ものすごく魅力的です。彼女との出会いが、後々、「魔女」に繋がっていくとは。人と人との出会いって、本当に不思議です。

五歳でお母様を亡くされたこと、若くしてブラジルへ渡られたこと、クラリッセとの出会い、ご自身の出産、お嬢さんが描かれた箒《ほうき》にまたがる魔女のイラスト、これらの要素のどれかひとつが欠けても、『魔女の宅急便』は生まれなかったのかもしれません。そう思うと、ゾッとするほどの薄い薄い氷の上を歩きながら、無数の偶然と必然の繋がりによって、奇跡的に何かが生まれるのだと、何だか恐れ多いような気持ちになりました。

それにしても、角野さんは最初から書く人になりたかったわけではなかったなんて、意外です。今気づいたのですが、角野さんは、超・自然体で生きていらっしゃるのかもしれません。余計な力を体に入れず、あるがまま、自然の流れに逆らわず、その都度その都度、身に降りかかる出来事を受け入れ、咀嚼《そしやく》し、また自然に返していく。そんな、角野さんの体を通して生まれてくる物語だからこそ、そこにみずみずしい生命力が宿っているのだと改めて思いました。

国際アンデルセン賞　作家賞の受賞スピーチに心からの拍手をおくります。同じ「物語」を紡ぐ同志として、角野さんを心から尊敬します。

いつもカラフルな色のお洋服を身に纏《まと》い、颯爽《さつそう》とそよ風のように未来への一歩を進める角野さんの姿が、最高にまぶしいです。

どうかこれからも、「現在進行形」でいてください。

いつかお目にかかれる日を、楽しみにしております。

本書は、二〇一九年九月に小社より刊行された
単行本を修正のうえ、文庫化したものです。

「作家《さっか》」と「魔女《まじょ》」の集《あつ》まっちゃった思《おも》い出《で》

角野栄子《かどのえいこ》

令和5年 11月25日　初版発行

発行者●山下直久

発行●株式会社KADOKAWA
〒102-8177　東京都千代田区富士見2-13-3
電話　0570-002-301(ナビダイヤル)

角川文庫 23886

印刷所●株式会社暁印刷
製本所●本間製本株式会社

表紙画●和田三造

ISBN 978-4-04-113744-4　C0195

JASRAC 出 2306121-301　◇◇◇

角川文庫発刊に際して

角川源義

第二次世界大戦の敗北は、軍事力の敗北であった以上に、私たちの若い文化力の敗退であった。私たちの文化が戦争に対して如何に無力であり、単なるあだ花に過ぎなかったかを、私たちは身を以て体験し痛感した。西洋近代文化の摂取にとって、明治以後八十年の歳月は決して短かすぎたとは言えない。にもかかわらず、近代文化の伝統を確立し、自由な批判と柔軟な良識に富む文化層として自らを形成することに私たちは失敗して来た。そしてこれは、各層への文化の普及滲透を任務とする出版人の責任でもあった。

一九四五年以来、私たちは再び振出しに戻り、第一歩から踏み出すことを余儀なくされた。これは大きな不幸ではあるが、反面、これまでの混沌・未熟・歪曲の中にあった我が国の文化に秩序と確たる基礎を齎らすためには絶好の機会でもある。角川書店は、このような祖国の文化的危機にあたり、微力をも顧みず再建の礎石たるべき抱負と決意とをもって出発したが、ここに創立以来の念願を果すべく角川文庫を発刊する。これまで刊行されたあらゆる全集叢書文庫類の長所と短所とを検討し、古今東西の不朽の典籍を、良心的編集のもとに、廉価に、そして書架にふさわしい美本として、多くのひとびとに提供しようとする。しかし私たちは徒らに百科全書的な知識のジレッタントを作ることを目的とせず、あくまで祖国の文化に秩序と再建への道を示し、この文庫を角川書店の栄ある事業として、今後永久に継続発展せしめ、学芸と教養との殿堂として大成せんことを期したい。多くの読書子の愛情ある忠言と支持とによって、この希望と抱負とを完遂せしめられんことを願う。

一九四九年五月三日